機械時代

胡晴舫

The Mechanical Age

The Mechanical Age

Contents

自序

我以為，文學是一種品質。未必拘泥於文字。

本雅明對機械時代美學的憂心忡忡，我的大腦完全擁抱，我的情感卻隔層薄膜。因為我來不及目睹那個優雅靈性的手工時代。我出生時，整個世界處處落下高科技打造過的痕跡。摩天大樓對我來說是理所當然的地理樣貌，聲光效果是我習以為常的娛樂方式，廉價複製的成衣是我唯一能夠選擇的打扮，手機電腦冷氣機是我依賴至深的生活條件。每天，城市裡無數灰色骯髒的道路上下交叉流動，千萬輛汽車在上面如蝸牛般慢吞吞地爬動，我總是窩坐在其中一輛，聆聽來自四方金屬製造出來的喧囂雜音，其中包括我手腕上的那只機械錶，滴滴答答，規律響動，準確地提醒我時光正在流逝。頭也不回。

我所屬於的這一代人，常常被指為缺乏靈魂、難得創意、不會思考、不懂閱讀、沒有深度。既不能吃苦，又不講義氣，還非常短視功利。最可怕的是，沒有反省力。追究起原因，無非都是因為我們在一個機械時代長大，在這個時代裡，機械製造的特色便是我們的人格：單一，呆板，無味，重複，規格化，無個體性。在如此的年代，文學被宣判死亡。

然而，人性卻前所未有地活躍。只要隨便打量四周，翻閱報章雜誌，收看電視傳媒，不具目的地與幾個陌生人交換眼神，偶爾在餐廳裡偷聽隔壁桌客人的談話，放鬆心情任由朋友拿荒謬故事來說嘴，一個人能輕易發現，慾望還在，想像力還在，希望還在，夢想還在，嫉妒還在，憤怒還在，瘋狂還在。人類一切情感能力均完好如初地保存著。可能變種了，但，絕對沒有消失。

文學不僅僅是文字而已。文學是一種性質，一種美感，一種人生態度，一種感知方式，一種對萬物的詮釋。對我來說，文學代表了人類的感情。我們身上最柔軟的部分。用機械一點的比喻，它是某個神秘的按鈕，沒有人知道它的正確位置，直到某天，一道迷了路的風、一隻輕柔遊走的手、一雙不知情的眼睛，或無意間闖入視線的一個場景，那個按鈕便被啟動。那一刻，人，全部的感官細胞都將因為漲滿感動而輕輕顫抖。

機械時代的誕生，未必造成文學的死亡。我認為，其實是大部分的人並不願擴大對文學的理解。他們想像不到除了某種特定形式，文學還能長成什麼相貌。他們堅持對當代人類的失望，卻忘了歷史上每一代人類都曾對下一代的墮落發出抱怨。

當我第一次看見波濟胥先生這批描繪中古機械的版畫作品時，我立刻感到他表達了我這幾年來一直在思索的問題。也就是，如果我們承認了人類目前文明規模的存在現實之後，人性究竟有無因之改變，而我們應該如何繼續跟我們的生命環境互動。最重要的、在他深刻有力的筆觸下，我看見了一種特殊的生命品質，被完整地保留於人類自己發明的機械形式之內。我想，我見到了有些人會以為只屬於文學的思考。活躍，機敏，深沉。既美又強。

他們錯了。文學還活著。一直都是。

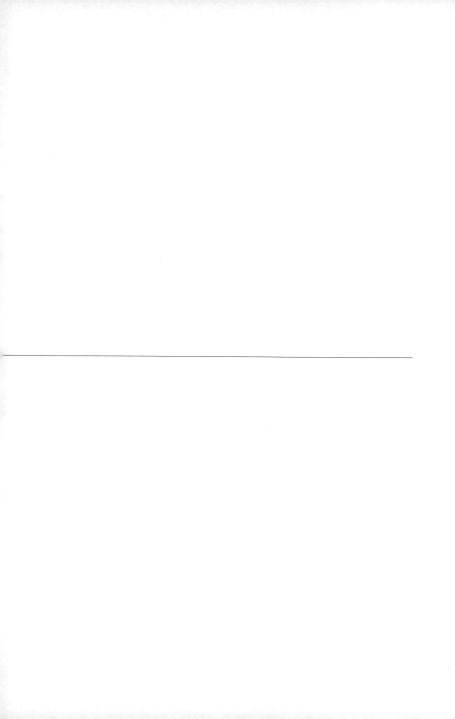

1

翼

春天

冬季離去的那一天，她仍穿著她唯一的那件冬大衣，厚重紮實裹得自己透不過氣來。

在一團粉藍、亮綠、紫菊的街景顏色裡，她默默穿過馬路，像一個不真實的影子，進到他的花店。他原本高昂的心情因為看到她的出現而墜落。他一邊跟熟客談論今天的氣溫，一邊卻用眼睛跟隨她停在一簇新鮮雛菊面前。她顯然什麼也不打算買，卻把鼻尖湊近花瓣，露出陶醉的神情，並發出一種聲音，像是滿足的嘆息。

其他客人陸續走後，店裡只剩下他們兩人。她輕輕撫摸起花瓣，深情專注，他的內心有一個地方也為之牽動。不久，她慢慢直起身子、剝去大衣。接下來，在他的驚訝目光下，她解下圍巾、打開襯衫鈕釦、褪去長裙、絲襪、高跟鞋，逐漸轉成一個光滑赤裸的身體。更令他吃驚的是，她背上居然長著一對翅膀。一對巨大的薄翼翅膀，五色華麗，勾勒黑絨鑲邊，在陽光下顯得異常明亮炫目。

她掐了一朵小菊花，推門出去前回頭對他微笑。他不能言語，只能睜睜望著她拍動翅膀，向天空飛去。

墮落

他有很好的理由墮落。

雖然他是天使，此時卻必須收起潔白的翅膀和頭上的光環，戒掉噴灑香水的習慣，放棄美不勝收的甜意笑容。他必須看起來骯髒可恥，邪惡不可信賴。他必須說魔鬼的語言，作他們的打扮，重複他們的表情。他必須看起來跟魔鬼一個模樣。因為他是個臥底的天使。他是上帝派遣到地獄的使者，任務是滌清地獄，改造魔鬼。讓這個世界從此只渾然融成一個大天堂，再沒有天堂、人間和地獄的分際。

他心甘情願下降至海拔負三十萬呎的地心。在下巴沾滿鬍渣，扯爛背上的翅膀，使之垂落如襤褸破衣，他艱難蹣跚步行，試著忘記飛翔的優越況味。他混雜在牛鬼蛇神之間，想要先成為他們，所以他可以將他們變成他。

一日，他昔日俊美的同伴從他的頭頂飛過，他興奮招手，想要到一個善意的問候。他們不僅不曾停留，更加速飛走。因為他們深信自己見到一個魔鬼。

變成魔鬼的天使聲嘶力竭在他們身後大喊：「我就是你們！我就是你們！」但是，天使們純白身影已消失在天際，變成一抹淡了不能再淡的雲。

2

孤絕

預言

他一聽說全世界即將被海水淹沒，他便開始積極訓練自己習慣海底生活。

當同輩朋友都在街心搖擺跳舞時，他獨自一人悶在五公尺深的游泳池裡學潛水；其他人仍在工作與興趣之間搖擺不定，他則毅然決然成為一名潛水員；雖然尚未到計畫結婚置屋的年紀，他已經開始建造他自己的海底城。

別人說他瘋子。他看著對方的神情，像是看著一個已經逝去的人。

臭氧層被破壞，太陽直射，兩極冰地融化，海水暴增，全世界都將沉入水底。你們這些不計畫未來的人都是些醉生夢死的笨蛋啊。他緊閉的雙唇似乎在訴說著。

但他從未說過什麼。事實上，沒有人真正聽過他的聲音。他總是孑然一身，匆匆從人的世界邊緣掠過，像戲碼上演時舞台後方不小心出現的黑影。大海淹沒紐約帝國大廈尖頂的那一天，所有人都在垂死掙扎之際才想到他的嘴角其實有點歪斜，使得他看上去彷彿常常帶著一抹微笑。神秘而孤傲。

他靜靜站在他的海底城大扇落地窗前，看著全世界的椅子腳、電話機、聖誕樹、汽車喇叭、粉餅盒……及人體碎片無聲地從他的眼前漂過。忽然一張臉上前，黏貼在窗玻璃。女人的眼睛盯著他，美麗卻無神。

有一會兒，他就這麼跟女人對看著。

隔著玻璃，悄悄地，他在那張已然發黑的嘴唇印上一個深吻。

訊息

他知道他要死了。

雖然表面上一切都看起來十分正常。但是他知道，有一條無形界線，他已經跨過。好比在美國一望無際的公路上開車，經過州界的那一刻，風景不變，空氣卻已經聞起來大不相同。那是再感官不過的訊息。沒有誰、唯有他自己，那個跨過疆界的人，知道整件事的來龍去脈。

事情發生的星期二，一大早，他醒過來。出門的時候，看見天空很高，一撕撕雲絮瘦弱無力攀伏在太陽周圍。街口的 7-ELEVEN 小姐不做了，他從一位有著鬥雞眼的高瘦男孩子手裡接回報紙的找錢，在等巴士的時候被路邊積水濺了一身。去到公司時才發現當天放假，沒有人上班。

就在那個時候，他的手錶停了。

然而，走在路上，他的心情平靜。絲毫沒有被剛才一連串不愉快的事件所干擾。他覺得自己彷彿鎖在一個特定時空，其餘時空與其間所發生的事情，均與他無涉。他知道世界仍在運轉，但是頭一次，他不急著去追趕。

坐在咖啡店裡，他抽著菸。煙霧瀰漫中，一隻雪白的鴿子不知從何處飛到他的桌上。

他知道，他要死了。

春雨

夜裡，她無法入眠。清晨，她約我在公園喝咖啡。雙手捧著咖啡杯，細聲細氣地告訴我：「我覺得我的靈魂不在我的身體裡了。」

正是春天季節。公園裡繁花盛開，曾經在冬末放乾清理的水池重新蓄滿清水，在那段期間不知被藏在哪裡的烏龜、黑天鵝、錦鯉一副不曾離開似地瞇著眼睛，對太陽擺出若有所思的表情。她一身當季名牌，薄紗碎花衣褸飄逸，提著粉色小繡包，足屣一雙綴滿圓珠亮片的同色拖鞋，露出蓄養十分修長的腳趾甲。顯然，她從不需要穿包腳的鞋子。或，不怎麼需要走路。

我是在一家花店認識她的。當時，她正在掙扎於玫瑰與香水百合之間，焦慮什麼花香才是她靈魂的基調，儘管那束花並不是為她自己準備的。她為了我能一眼看出她的多愁善感，而驚訝不已。七十歲的花店婆婆在旁偷笑。

總之，我們約了喝茶。談了一會兒城市的社交生活，她提起她的失眠。她雙肘擺在桌上，一隻手無意思識輕輕撫觸自己的嘴唇，眼睛穿梭於天花板上殖民風格的吊型電扇扇葉間，「靈魂是一種奇怪的物質。它把妳的身體當作一座房子，進進出出。像一隻獨來獨往的貓。手腳輕慢，行蹤神秘。」她的認真給了我的背脊一股驚悚流感。

「妳以為它屬於妳。不，不，它不屬於任何人。」最後一句，她用了英語。

我不太能接話，只點了點頭。她向後靠上椅背，嘆息，欣慰地笑了。

之後，她常常打電話找我。

我不清楚她的背景，或如何能支撐這麼高級的生活。我甚至不清楚她是否結了婚。每次碰面，我們的談話就只是繞著靈魂打繞。這也是她唯一有興趣的話題。她堅信每一個人的靈魂都在肉體沉睡後出來遊蕩，「如同上班一整天的工人出來透口氣，休息，看看世界」。

所以她不能入睡。她害怕自己的靈魂出去鬼混，會找不到路回來。好比喝醉了的酒鬼，進錯了家門。靈魂也會在狂歡後糊里糊塗認錯了原來的身體。回錯了肉體對靈魂本身沒有傷害，卻對接收了新靈魂的身體主人有影響。

「妳聽過有些人上床前是個好好先生、起床後竟成一個連續殺人魔的故事嗎？」又一陣陰森。

她擔心，萬一，她換到了另一個劣等靈魂，還是根本就不再有靈魂回到她這副身體。她想了不禁全身痙攣。

這天一早，她著急打電話叫醒我。她的靈魂到底還是出走了。就在春天開始下雨的第一天，天色將明未明之際，她不經意打個盹。

短短不過幾分鐘，春雨向她的靈魂招了手。

「我瞭解我的靈魂。」她噙著淚水，動情地說，「它是一個再敏感不過的靈魂。春雨對它來說是很折磨的美麗，光是想想，都會心痛。」

她一直在等靈魂回歸。等到綿綿春雨結束了，都不見蹤跡。這不打緊。更可怕的事情發生了。

「我發現，自己沒有了靈魂，其實……也能活得很好。」她淚水盈滿了眼眶卻始終沒有流下來。

路燈

他租借的公寓巷口有三盞路燈優美排列在一起。間隔不多不少，恰好是三圈光暈輕輕銜接，像山水畫上的潑墨塊成串：大而均稱，圓而清靈。每天，不論巷口人潮如何紛亂，大街上車來車往，小販擺了一攤又一攤，這三盞燈永遠晚上準七點亮起，清晨準六點熄燈。高高於人世，傲然亮著光，三盞路燈透出一股遺世獨立的高雅氣質。冷靜而準確。

他立志要向這三盞燈看齊。高中開始便離鄉發展的他獨自在這塊島上最汙穢混雜的城市裡求生存，難免有喪志憤懣的時候，但只要回家路上，抬首仰望這三大圈暈黃溫暖的月亮，完美滑亮浮懸在空中，他的內心就還能感到希望的震動。

畢竟世上還是有完美無瑕的事物存在，他想。

轉眼，他三十五歲。自畢業以來，換了十四份工作。早上起床，他已不再照鏡看自己。屋子裡有好一陣子沒有女主人。打開電視，轉不到他想看的節目。他站在窗口，用生鏽的湯匙舀著剛開的玉米罐頭，嘴裡漫不經心嚼著。想著白天新來女同事的碩大乳房。

忽然，他看見他青年時代常仰望的那三盞燈光，仍乾乾淨淨佇立在城市街口。他凝視。突然放下玉米罐頭，衝下樓，撿起地上石頭。他，奮力，砸壞了路燈。

一直到他離開這個城市，路燈都沒有修好。

移民

我在異國街頭遇見她時，她正在抽菸。穿著合身的細格子洋裝，挽一個不緊不鬆的髮髻，清晨六點的陽光柔和了她臉上的線條，她看上去特別有神韻。我的目光引來她的一個微笑。

晚上，我決心前往她工作的餐廳用膳。我坐了三個小時，嚼著難吃的菜餚，懷裡揣著打算給她的優渥小費，卻沒能遇上她出現的機會。我整晚沒睡，隔天起早，又回到前一天她抽菸的角落。她恰好吐出一圈煙霧。我放慢腳步，緩緩經過她。她沒什麼表情，看了我一眼。

我卻抓住我們目光相遇的機會，向她攀談。她並不是太有興趣，抽完菸，她拉拉身上的洋裝，進去一個窄小的鐵門。我在她關門的一刻，高聲問她：「妳難道不想回去？」她轉返回來，久久，盯著我和她相同的髮色和皮膚，搖搖頭，又搖搖頭，然後用家鄉話回答，「不回去。你不明白。不能回去，也不要回去。」

我拉住她的手，卻被她甩掉。我從身上拿出那筆一直打算給她的錢，她遲疑了一下，收到她的洋裝口袋裡。

「不回去。」像是臨睡前必須確定門把真的上鎖般，她再一次重複。

3

錯亂

傷口

她身上不知何時多了一處傷口。白天傷口無辜對著天空敞開，彷彿一個傻子無腦張嘴，楞不溜丟地發呆。到了晚上，她上床睡覺時，傷口卻開始發泡。大而薄的泡膜撐成一個個空心圓體，從傷口啟程，在經過燈光時反射出七彩色澤，然後飛出窗外。

她驚訝看著這一切發生，一時手足無措。然而，她不覺得痛也不感到癢，她甚至不感覺這些泡泡跟她的身體有何關連。它們卻一個接著一個冒起，接續不斷，而且越來越多。

太陽升起，這些泡泡就像怕光的吸血鬼，悄悄消失，直到黑夜來臨，它們又跑出來，擠滿她的房間，狂歡整夜。

她於是想盡辦法，努力治療傷口，走訪各大名醫，總不得結果。當她描述那些瘋狂的泡泡如何從她的傷口冒出來，每個醫生都露出同情而忍耐的笑容。最後，她發現是一個精神科醫師拿著消炎藥和繃帶來治療她的傷口。她閉上了嘴，理解發生了什麼事情。原來，旁邊的人都不過把她當作了個瘋子。

就在那個時候，頭一次，她的傷口開始真正疼了起來。她看著血慢慢暈染擴散，襯著她雪白的肌膚，顯得美麗而詩意。

車禍

路上發生車禍。

女子騎機車轉彎，對上了迎面而來的日產汽車。緊急剎車。她的把手不確定地左右擺動，然後，以一種漂亮的慢動作，原地倒下。女子露在短褲外的白色膝蓋一片烏漆漆，她站起來，打算用手拍乾淨。汽車裡的司機探身出來，笑容滿面，一隻手臂伸到女子的肘邊，狀似要去攙扶。

這時，一輛電視台採訪車停下。媒體人員胸前耍著記者證，像一支訓練有術的海軍陸戰隊，劈哩啪啦下車，老練排出陣勢，俐落拿出攝影機。對準現場。

倒下的摩托車，汽車鋼板的一條細長刮痕，黑色膝頭，兩張臉部的特寫。鏡頭安靜而有效率地記錄著。

演員知道該怎麼辦。

沒有遲疑，女子即刻機敏打掉司機伸在她肘後那隻意圖不明的手。她快速弄壞她的眉頭如同揉皺一張沒有用的廢紙，往後一倒，一屁股坐到地上。眼淚，是來勢滔滔的海嘯，嘩地漫天漫地，淹沒了所有人包括攝影機的視線。她很痛。很痛。非常痛。她想，她再也不能走路了。

司機則是四川變臉師傅，刷啦，拉了一張憤世嫉俗的臉下來。馬上刻薄大罵起女人的基因如何不適合上路騎車。模樣看來吃驚，顯然很害怕的司機先生一直停不了嘴，嗓門跟他的膽子成反比；同時，女子只顧滴滴答答，焦慮羞辱讓她開不了口。

攝影機一直沒停。

越來越多路人圍觀。媒體人員非常嚴肅，一發不言。他們在想些什麼，也許不想什麼。誰知道。對一般小老百姓而言，天機，始終是得回家開了電視、翻了報紙、買了雜誌、上了網路之後才能恍然大悟的。

警察出現了。他推開人群。瞄一眼攝影機。拉一下領口。他想要擺出笑容，又臨時改變主意，那個未能成熟的微笑便早夭在他的臉上，形成陰險沉腐的線條。攝影機，也，拍了下來。

清清喉頭，中年警察發出一個高亢不自然的聲音，詢問車禍過程。

剛剛不能說話的女子，此刻猛然站起來，字正腔圓流利描述自己如何被對方惡意撞倒。她的頭髮混亂，雙目哀悽，心力交瘁。一場車禍打落了她的人生。她真不曉得今後該何去何從。

中年司機停了女人不適合騎車的哲學論述，刷啦，再一次變臉。現在，他老實憨厚，穩穩當當。聽清楚，他口齒其實結巴，然而他依然懇切說明，女子自個兒違反交通守則，誤入他的車道。他很無辜。已婚，而且還有三個孩子。他正要去接孩子放學。現在壞人多，你知道。他暗示性瞄一眼女子，鏡頭轉過去。他把頭低下來，雙手叉在小腹前。

警察嗯嗯哼哼，不置可否。又偷偷飄眼去瞧攝影機。它似乎短時間不急著離開。他清清喉頭。每次開口之前，警察老是先清喉頭。也不清楚為什麼今天才特別養了這個習慣。可見空氣汙染真是越來越嚴重。

他抬起手上的塑膠藍色原子筆，在襯著壓克力板頭的紙張上記述。女子楞了一下，熱絡靠過來，胸部碰到了警察的手，可憐巴巴地唉聲她的不幸，中年司機也趕忙湊過來，又把事故原委囉囉嗦嗦重述。警察用眼角餘光瞄攝影機，司機不自覺跟著這個動作略轉過頭去看，女子自然望向那個方向，好像什麼也沒注意到似的轉回過頭，然後，以一個幾乎看不清的動作把露出來的胸罩肩帶塞回衣內。

警察，司機，女子，三人圍成一個圈子。比好友還親。熱絡爭辯著。

攝影機拍下來。

忽然，沒有預警，攝影記者以跟剛才同等霹靂的效率收了攝影機和麥克風，拉開車門，迅速消失在暗色車窗後。引擎發動的聲音還嗡在耳邊，紅燈剛轉綠不到半秒，採訪車已經闖到十字路口對面。隨即像彗星一般消失在人類肉眼可見距離之外。

一會兒，都沒人說話。

像個午後無聊獨自在花園玩耍的小孩，女子低頭用自己的腳在地上畫圈圈兒。司機撇著嘴，老大不高興，彷彿在跟誰賭氣。路人還沒有散去。可是，這種觀眾太廉價。太沒價值。演員僵在舞台中央，不是太想演下去。

警察搔搔後腦，碰歪了他的警帽，有點不大好意思，他問：「哎，你們，誰記得那是哪一家電視台？」

瘋狂

一種最新式的病毒，悄悄在這個城市裡擴散。不幾天，他認識的每一個人都染上了。患者的病癥是整張臉以十五度角向右下方傾垮，手腳神經不協調，經常神經兮兮地跺腳拍手，每說一句話，就要不自覺重複三遍，並以歇斯底里的笑聲作為結束。

第一個在街心發病的人，不斷重複自己的話語，又跳腳又拍掌又尖笑，當時路過的人都不曉得發生什麼事，引起極大的恐慌，人人爭相走避，你推我擠，竟然兩個人就這麼被踐踏死了。當天晚上這名病患立即被送往療養院，隔離起來。傳媒熱烈討論，主持人、專家來賓、新聞主播個個以嚴肅口吻預測這是二十一世紀新的天譴。

不到二十四小時，全城一半以上的人被感染，連病院的醫護人員自己也都在極短時間內紛紛垮了臉，說話重複，輕輕跺腳，不時鼓掌。

再過另一個二十四小時，百分之九十的人都成了病患。整個城市，到處都能聽見有人拍手、跺腳和尖聲高笑的聲音，此起彼落。那不像生病的氣氛，倒如一種迅速燃燒起來的歡樂，讓所有市民都不覺手舞足蹈起來。最初對疾病的恐懼，立刻被團結的情緒征服了。每一個人都看到周圍親近的人也跟自己一樣得了病。知道自己有伴相隨，在生病這件事情上並不孤獨，讓大家都鬆弛了緊張的情緒，一點也不害怕了。事實上，他們漸漸發現，除了歪臉和手腳問題之外，疾病沒有造成其他的不方便。病患仍天天照舊上班吃飯洗澡做愛應酬，而且比以前更喜愛跳舞也更能享受舞蹈的樂趣；唯有上電影院和聽音樂會時，會為了控制其實無法控制的跺腳拍掌而感到難受，但是因為每一個人都有同樣的毛病，也就不感尷尬，能夠非常心安理得地在音樂或影片進行時，放肆而任性地鼓掌跺腳。

不過一個星期，傳染病被安了一個名字。這個名字成為一個時髦的象徵，人人無時無刻不掛在嘴邊，並彼此炫耀誰的病情要更嚴重些。

他，為了某種不知名的原因，竟成了躲過疾病魔掌的一個人。走在路上，他是唯一那個臉不歪、手不拍、腳不踏的人。他端端正正，毫髮無傷，沒病沒痛，跟一個星期前完全沒變。

剛開始，他意識到周遭親友都感染了這個時髦病時，作為一個正常的人，他力圖隱藏起自己的優越感，盡可能表示同情，卻避免發出憐憫的羞辱訊號，想要保持對方的尊嚴。疾病蔓延極速，七天之後，他發現，那些染了病的人反倒過來用一種表示同情卻竭力不流於憐憫的眼光注視著他，他們那已然斜垮的臉龐掛著忍耐包容的微笑，完全失控的手腳企圖維持一種自我節制的教養，他們極有默契地想要說服他，雖然他是這麼格格不入，他們依舊願意寬大接納他成為他們中間的一分子。當他一轉身離開，他聽見，他們正竊竊私語，議論著他的與眾不同，可憐他的落伍，猜測他應該是有什麼其他更告不得人的隱疾，使得他必須逐漸離群索居。

起初，他們容忍著他的健康，假裝不在意他的不夠時髦；漸漸，他們對他的蔑視如此強烈，以至於他從他們身邊走過時，他們竟再也無法掩飾他們對他的厭惡與排拒。他們的眼神閃露兇殘的光芒，原本已經醜陋的臉部肌肉愈加扭曲到幾近恐怖的地步，因情緒激動而愈加快速手拍腳動，高聲大笑，他們幾乎是繞著他又蹦又跳，彷彿正在進行一場神秘的巫祝儀式。而他，是綁在中央即將獻祭的那隻無助羔羊。

在一個下雨的日子，他一如往常打上領帶，穿好西裝，拎著他的〇〇七手提箱，前往辦公室。出門不到一百公尺，被一群埋伏在街角的警察團團圍住，他一被制服，躲在後面醫護人員立刻衝上來，拿著針筒，二話不說就對著他的手臂注射。他們放開他。

他還沒有搞清楚怎麼回事。一切都發生太快太突然。總要在大爆炸後，才能面對廢墟殘垣，逐一去檢查爆炸的來源體和發生的時間。他還未從爆炸的後震力恢復過來，他的嘴角卻開始滑斜，他腿部肌肉不自覺顫抖兩下，然後他就踩起步子來了。不一會兒，他的手也規律地拍起掌，好像，他正慶祝著自己身體的改變。

驚懼之餘，他想開口詢問事情的來龍去脈，卻聽見自己只是不停複誦著一些含混不清的字句，不時伴以神經質的笑聲。他從不知道自己的身體可以製造出這麼撩亂的聲響。

就在他一陣手忙腳亂的這個當口兒，他的市民同胞們露出寬慰的笑容，他們一起加入他的肢體亂潮，拍掌恭賀他——不過，他們本來就一直拍著掌。他們扭擺身體，蹦舞跳動，樂不可支。他們以為，幸福發生的時候，總是不可避免伴隨著些微的混亂感。

當天晚上，新聞播報一個可喜可賀的大消息，全城那個最瘋狂的傢伙終於被治癒了。

世界

她走出神居住的地方，開始沿著都市的街道行走。迎面而來的路人漠不關心與她擦身而過，無視於她額頭淌下來的血。鮮紅而濃稠。

在一處轉角停下來，她試圖發出一點哀求，一輛快速轉彎的汽車回應以憤怒的喇叭聲。她不得已閃躲到角落，一個行人卻還在通過時將她撞倒到地上。小孩騎著腳踏車碾過她的腳踝，婦人手上提著的笨重菜籃撞擊她的胸口；一個男人路過，吐了一口痰，不偏不倚飛上了她的鼻頭。

她落魄無力坐著，已被高樓切割錯亂的天空又再被一道閃電劃破，轟成碎片，遠處一台收音機或電視機仍獨自空靈地響著雨的前奏。而她背部被九十度的屋子轉角刺得隱隱作痛。

不一會兒，核桃大小的水珠子憑空連串灑落，打得她全身發疼。路上行人轉眼清空，世界剎時變成很大很空，她卻是唯一的人類。還在想著生存的問題。孤獨讓她連覺得悲慘的力氣也沒有了。

拿起衣袖，她擦乾額頭上的血，緩緩循著原路回去。一個人。

4

繾綣

老人

我獨自坐在社區角落的一處公車站。等車。

老人出現在我的左側，木楞呆滯的目光放在我的身上。我微微側身，將頭轉向右方，假裝不曾注意到他。

他維持原姿約五、六分鐘後，笨拙不良地將自己移動，再一次擋住我的正前方。空白多皺紋的眼睛死盯著我二十三歲的面容。我看向左邊，公車應該來的方向。沒見到公車的蹤影。

被我故意遺落腦後的老人拖著腳，怯生生卻堅定地，又站到我面前。他的嘴巴無意識蠕動，卻沒有發出任何聲音。接著，他緩緩拉開褲襠的拉鍊，我站起來，決定走開。

離開公車站牌，過了馬路，我進到一條又一條的巷子，新舊房屋交雜並立，在夏日午後的街心投下長長陰影。老人像一條又老又病的癲痢狗，默默無言跟著我，每一次我回頭，他便投來哀傷脆弱的目光，似乎在乞求我收容。

路的盡頭，一家光鮮巨大的百貨公司矗立。音樂喧鬧，人影重重。孩子們尖叫奔跑，青年人俏麗漫步。我速速融入那一團歡樂氣氛。

老人怯懦停下腳步，終究沒再跟上來。百貨公司外面天空灰重，正開始下雨。

生命

她沿著狹窄的灰色路徑上山。一邊走一邊喘氣，感到自己的肺部在胸腔裡大力鼓動。

半山處，兩條不同的上山路線在此交錯，交通略微繁忙。十字路口中心，他們架設了一個紅路燈，用來協調人車流量。看見前方的紅燈，她停下腳步，安靜喘氣。

那隻狗就躺在路面的三分之二寬處，也在喘氣。那是一隻棕色的中型犬，看不出血統品種，但十分乾淨。一雙眼睛很黑很圓，此時正逐漸失去焦距；嘴皮周圍的肌肉失控，有一些口水夾帶透明泡沫流出；同時，牠的血在牠的身體周圍形成一汪小池，然後似一條紅色的溪流緩慢向下流動。她聽見牠微弱的叫聲，像是情人在離別時所發出的喃喃溫柔。

綠燈亮起，她提起腳步向前邁行，流利穿過塞在路口的車陣。交通有點混亂，因為每一輛經過的汽車都必須小心翼翼繞過那隻狗躺的地方。

她抬起手腕，看了一下手錶，三點二十分。正午的太陽留下餘毒。她已經在這樣的日頭下走了二十分鐘，走得汗如雨下，非常辛苦。所幸，離她要到的地方已經不遠，應該只要再個五分鐘。她略略調整呼吸，試圖再加快一點速度。

過了一會兒，經過一棵蓊鬱大樹，空氣中嗅得一點清涼，她再度看了一次錶，三點二十三分又三十秒。時間比她想像中過得慢。她不耐煩加速腳步。然後，她又看了一次錶，三點二十五分。

她轉過身，朝來的方向走去。起先慢慢地，逐漸加快，最後往下的重力加速度讓她幾乎小跑步起來。不到二分鐘，她又回到了剛才那個路口，交通比先前更混亂了。喇叭聲此起彼落。她站在一個紅燈前，等著。

因為那一小段的跑步，空氣激烈進出她的氣管，使得她的胸腔誇張地起伏。她拼命喘著氣。狗已經不再喘氣。失去光澤的皮毛似乎不是棕色，而是灰色，圓眼睛則像一對深洞，嵌進牠失血的頭顱。顯得一點意義也沒有。

紅燈轉綠，她的腳步並沒有在經過那隻狗的屍體時停下來。她直直過街到對面的水果攤，揀了一袋橘子，付錢。

她重新折返上山，這次速度放慢很多，因為她感到足踝和膝蓋的關節及附近肌肉有著即將酸痛的前徵。今天晚上要好好泡個熱水澡，她想。

終於，一個脾氣暴躁的中年男人從他的豪華跑車下來，走到狗的身邊，打算將牠移到路邊。他沒有彎下腰，而是直接用他的腳開始用力踢著狗的屍體。為了不會弄髒他的皮鞋，那個男人盡量用鞋底而不是鞋尖去接觸狗的身體，以至於他的身體線條流露一股奇怪的笑果，讓她想起默片時代的一個滑稽演員。

狗的棕色身體因為被劇烈踢打而滾動起來。遠遠看起來，那個男人像是主人，狗則撒嬌地在他的腳邊玩耍嬉鬧。又像，狗是一顆足球，而男人正專心琢磨腳上功夫。

當男人成功將狗踢到路邊時，狗的前腳因撞上了人行道的水泥磚，忽然抽動了兩下，有一刻，她幾乎以為那隻狗要站了起來。

年華

她可以明確感覺到自己正逐漸老去。

就在今夜。當她跟著一群不熟識的朋友一同擠在更大一團更不熟悉的人群之間觀賞除夕的月。當新年的倒數聲音響起，她聽見，自己眼角皮膚發出呻吟。清楚無誤。有若一隻繃緊的紙扇，正被丫鬟偏執的手細細撕裂。ㄗㄗ。ㄗㄗ。比較起天上煙火所製造出來的砲雷，前者音量是這麼細小不足道，卻更教她心驚動魄。

隔天起早，新年的第一天，她開始沿著一條一條街，看到任何保養皮膚的產品，她都買；一瓶白淨不起眼的水，高價要賣，號稱會滋潤美麗，她毫不客氣掏錢就付；人們誇口一堆服務，留住青春無效免費，她一頭鑽進店裡，久久才離開。她要。她要完整的扇面。沒有妥協。

夜夜，她塗抹又塗抹，按摩再按摩，卻無法停止聽見那一道道微弱的噴氣，ㄗㄗ，從膚表底層，撐大她的毛細孔，扯裂她平滑的膚面，魯莽鑽破出來。疑懼像暈開的墨汁滿滿占據她的心靈，立刻牽動她的肌肉線條，撕壞越多皮膚，畫出越多皺紋，她的眼淚還落低下來，在綠色面膜上溝出兩條可怖的渠道。

她趕緊擤掉淚滴鼻水，深呼吸，試圖空白自己的情感。不去想像任何事情。不要思考什麼不解謎題。不回憶不該記起的情人。她想她的皮膚彷彿一潭春水，只要不去吹皺，就會永遠保持平整靜止。比一面銅鏡還光滑。

如同成功的季末大拍賣，她的腦子逐漸出清。一座空掉了的倉庫，黑黝黝，一無所有。她忘掉了。失去了。沒有了。好像從來不曾有任何事情停駐在她身上。就這麼，她感到年輕。煥然更新。

她走到鏡子前面，窺視自己新生的美麗。鏡子現出一個她不認識的人。或說她無從辨識對方的身分。因為，那是一個沒有臉孔的人。沒有鼻子，沒有眼睛，沒有嘴唇。什麼都沒有。只有一張平平的平面。確實完整若一只完美蛋殼。在光線映照下，甚至，發出柔細珍珠白的朦朧光芒。射入她的眼簾。

她不禁輕輕但絕對小心皺起眼瞼，並且，滿意地笑了。

5

誘惑的尖刻性

謀殺美麗

她每天都不見蹤影。辦公室沒有人知道她成天在忙些什麼。但她總是看上去十分忙碌的模樣。

我好煩喔，是她的口頭禪。煩些什麼，她無奈地回答，有些事情還是不要說清楚比較好。但是，只要傾耳細聽她的電話內容，就會一清二楚。而這件事也不難，因為她總是整個人掛在電話上。

她相信性的魅力。因此，無論迷你裙短褲毛料棉布套裝針織衫，只要能表現曲線的服裝，她就會穿。當她跟男同事相處時，她的聲音會特別柔細亢奮，彷若正在床榻上纏綿。女同事當然討厭她，對此，她的意見是：女人總是為難女人。

情緒化是她的特色，因為「女人是感情的動物」。只要有人催她工作進度，她的眼淚就會掉下來，因為她痛恨不被信任的感覺。但是這個世界上永遠有那麼一些冷血動物，特別是那些又醜又老的女人，喜歡找她麻煩——像是我，一個財務部的小助理，未婚，年已過四十，胸圍卻不到三十二。

出事的那天，她正在跟一位男同事哭訴我的態度如何惡劣，如何蠻不講理要求她把交際費交代清楚。當我提著一把菜刀進來，她剛好說到我潛意識對她的強大嫉妒與敵意。

刀子砍下去的一剎那，她倒下去的姿勢仍性感不可擋。我想，身旁的男同事終於達到了高潮。

化學作用

她來到阿黃和我合租的公寓敲門，想借宿一晚。

屋子裡只有兩張床，沒有沙發。阿黃和我爭先恐後表示願意睡地板。然而，她卻滿不在乎表示，可以跟我們其中任何一個擠同一張床。任何一個。阿黃和我不約而同靜默下來，像剛被一陣夜風無心挑逗的兩株松樹，垂下樹葉害羞杵立，顯得舒綿而軟弱。我的頭低了下去，耳根發燙，假裝喝水，避到了廚房。

在廚房，盯著玻璃杯水裡的光線，折射得彎彎曲曲，突然之間，我覺得自己瘋狂愛上了這個女孩。我的身體深處噴湧出一股慾望，讓我迫切地想要跟她在一起。永遠在一起。甚至。因為，我愛她。我要她。我想激烈進入她的身體，緊密貼近她的Ｇ點，震動她的靈魂所在……

吞掉最後一口水，我乾著喉嚨從廚房出來。客廳已然空蕩蕩，只留下電視機仍吵吵鬧鬧播著娛樂節目。阿黃的房門緊閉。

隔天早上，女孩離去，阿黃吃早餐時說，一切都是假象。愛情不是精神交流，只是體味的交換，刺激彼此體內的化學作用。

人們談情說愛，無非只是想掩飾旺盛的性慾。剛滿二十歲的阿黃如此說。

討厭年輕女人的中年男子

他非常討厭年輕女人。抱怨著她們如何只在意愛情，其餘事物都不懂，也不試圖去理解。愛情，對她們而言，就像是毛語錄之於紅衛兵。已經不是關於神祇的問題，而是對於世界認識的單一和貧乏。沒有味道。

無聊，年輕女人。他用力強調。

「很難跟她們溝通，因為很難將她們的注意力從愛情轉移，就像你很難叫男孩子不去想到性。」他皺起眉頭，談到每一次他滔滔於自己的思辯，想要跟對方研磨道理，卻只從對方眼神見到了崇拜，和聽到她們心底一種無形聲音，怎麼樣，才可以跟這男人談個纏綿的戀愛。

「而且，她們還不想跟你真的談戀愛。她們只想得到你的注意，最好讓你焦急心碎，好滿足她們飢渴的虛榮心。最終，不過是為了提高她們自己在婚姻市場的身價。」剛過了中年危機的他躁鬱地表示，他實在恨不得年輕女人明天都從地球上消失。但是，年輕女人卻像打不死的蟑螂，一直從各個幽暗角落爬向他每天必經的道路，飛向他的肩膀，試圖在他的唇邊留下一個吻。

「你能想像蟑螂親吻你的感覺嗎？」

這時候，兩個年輕女人來到隔壁桌子，坐下。她們顯然先去大大消費了一陣，當她們看菜單選茶點時，腳邊擱置著各個精緻紙袋印著不同的名牌。他的眼神開始徘徊。不多久，他滿臉笑容，客氣自然向兩位年輕女人搭訕。

剛才的煩躁情緒，收得乾乾淨淨。

談話異常愉悅，有如莫札特的歌劇，帶有流通不滯礙的歡樂風趣。每一個人都非常享受。快結束時，他以一種刻意的慎重感把自己的名片拿出來，上面印製著重要的頭銜，然後輕佻地塞進女人用魔術胸罩托出來的乳溝裡。年輕女人禁不住咯咯笑開。他的手則在另一個女人的臀部遊走，略撩起她超緊的迷你裙，深入。她沒有穿底褲。

我喝了一口冷掉了的咖啡，意識到飯店的空調溫度總是太低。

當他的手指仍隱沒於某處，穿迷你裙的年輕女人抬起手，用自己的手指澎鬆調整她的額前秀髮，接者，非常鎮靜、幾乎是文靜地對我微笑。

另一位也轉過頭來朝我微笑。他是第三個給我微笑的人。他們三個人就這麼一致看著我。微笑。笑容中有一股別無所求的幸福感。

我的臉部肌肉無意識地動了起來。我發現我也在微笑。

6

慾望

我跟別人上了床

「前兩個星期，你出差。我跟別人上了床。」

「妳為什麼要告訴我？」

「因為我不想欺瞞你。」

「妳愛他嗎？」

「不愛。」

「那妳為什麼要跟他上床？」

「因為我不確定自己愛不愛你。我的意思是我愛你，但我不確定我是不是真正愛你。跟你在一起的這幾年，我一直在想這個問題。我們生活是這麼協調，精神是那麼契合。我每天起床看見你的臉孔，都感到十分快樂。但，正因為如此幸福，我卻常常在想，幸福難道真的這麼容易？不是冒險得來的幸福還算是幸福嗎？我從不覺得自己是一個特別幸運的人，但在愛情這件事上，我卻如此順遂。順遂得讓我心驚。彷彿一場隨時會醒來的夢，美麗得不甚真實。所以，那個晚上，當我在聚會上遇見這個男人時，我們聊得很愉快，我意識到這是我頭一次對你以外的男人產生喜歡的感覺。我突然有個念頭，想測試我自己對你的愛。」

「妳的結論是？」

「是，我愛你。千真萬確的愛你。因為當我達到高潮時，我的腦海浮現你的臉孔。你正對著我微笑，讓我感到幸福。」

成長

他的前任女友不肯放手。她說，你不可以走。

因為我們一同長大。我們之間獨一無二，今生今世在這個地球的任何角落都不可能重新複製。我們的青春歲月交織成一塊布，裁切成今日的我們。我們必須倚賴彼此去認清來時的路。瞭解我們之所以是我們的原因。

無論如何，你不可以離開。

我偷聽了他們的對話。就在門後。茫然。在心中，我試圖思索掠過我青春的人影，是誰和我互相交換印記在彼此的額頭。我只想到寂靜的日式窗架，鋪滿碎石的院子，一棵巨大古老的榕樹，嶄新的黑木鋼琴，一堆堆外國翻譯著作，和母親的草月流。

我還想到那條死去的金魚。十歲的自己蹲在院子泥地上，為它舉行一個慎重的葬禮。我小心翼翼將泥土掩蓋在當作金魚棺木的透明塑膠袋上，故意留下一個洞口，所以我可以隨時回來探視它。

午後蟬聲如此喧囂，我聽不見其他聲音。一場大雨，全安靜下來。一個十歲小孩的心跳聲於是成為唯一的聲音。

她說，你真的不可以走。你走了，誰會真正知道我的身世。我又為什麼是我。沒有了我，也不會有人知道你是誰。我們是彼此存在的見證。

這件事太珍貴、太重要。

我的眼淚緩緩流下來。不是為了他的離去。卻是為了我從未理解的孤獨。

7

愛情

辮子

他的後腦杓留著一條辮子。他的靈魂便附在那條光溜溜的辮子上。無論走到哪兒，他的靈魂即跟著身體走動的自然律動而輕輕搖晃，像個嬰孩安穩躺在搖籃裡。一日，他走在街上，對面來了一個陌生女子。正要彼此擦肩而過，陌生女子卻突然切到他的面前，唸了一個咒語，他於是昏迷了過去。等他在大街邊醒過來，車輛呼嘯來去，他的辮子已經不見了。被人剪走了。

他爬到警察局，渾身無力地報了案，又失魂落魄回到家。他飯吃不下，也喝不了茶，只能整天跟個活屍體一樣移動，並且老是有想哭的感覺。

他堅信他的靈魂已經被偷走了。

多年後，警察通知他辮子找到了，請他前往警局指認。他來到警局，發現門口已經排了一條長龍，都是被那名女子偷去辮子的男人。有的人甚至禿光了頭髮，很難想像當年居然留著辮子。

輪到他時，他在一堆骯髒老舊的頭髮堆裡認出自己的辮子。女子則低頭坐在辮子堆旁，她的小腹突出，雙腿極不雅觀地微開，嘴裡不斷嘀咕著沒人聽懂的話。他忽然生出一股厭惡之情，無法遏止自己立刻轉身跑開，不顧警察在身後的喊叫。

一直低著頭的女子此時抬起頭，望著他的背影，她的臉孔沁出一股濃濃的悲哀。

拉肚子的女人

餐廳裡，杯盤交錯碰撞之聲不絕於耳。男人的話也從沒停過。這是他們第一次約會，他極力想取悅眼前這名女子。

女人是一個非常美麗的女人，有著彎彎的淺黑眉毛，細緻的肩膀和一雙明亮的眼眸。打從他們一進到這家餐廳，女人便顯然心有旁騖，頻頻拿取桌上的水杯，未沾唇又放下，並不時調整坐姿，暗示她的焦躁不耐。

但他仍徒勞地努力著。他想要跟她約會已經很久了。他們在同一層樓工作，每天中午吃飯常常搭到同一台電梯。每次，她都看上去美得那麼無法方物，渾圓白晰，溫柔莊重，令他聯想到雷諾瓦畫裡的那些仕女。

他總是試圖跟她搭訕，卻一直苦無機會。終於，前天在電梯口她不小心被電梯門夾住，他英雄救美，贏得她的注意，約了今晚吃飯。

席間，他先拿幾則辦公室笑話開場，未見預期的效果。等他緊張說完小時候的糗事，正想重述過去失敗的戀愛經驗時，對方突然一言不發起身，直奔化妝間。完了，她真的是不耐煩了，笑話拙劣就算了，我為什麼要談起過去的女友呢？真是個白痴！男人臉上寫著越來越深的挫敗。

一會兒，她回座。重抹了口紅，整個人亮麗開朗。拿起水杯，這次她喝了水，抬眼對男人嫣然一笑。他被狠狠鼓舞了一下，馬上又滔滔不絕，亢奮談著他當兵的故事。不到十分鐘，女人漂亮的眉毛又聚攏在一起，笑容又沒了。眼光飄移不定。正當男人殷勤問她是否贊成未婚同居時，她放下餐巾，離席而去。可憐的男人錯愕地被單獨留在位置上。

這次，她去了十五分鐘才回來。男人尷尬拾起被打斷的話頭，為自己的冒失道歉，不該問她關於同居的事情，所以引發她的惱怒。她清脆笑了兩聲，優雅揮個手勢，不會的，怎麼會？她思想很開放，雖然行為比較傳統。談同居，也是很有意思的話題。

接著她請男人原諒她今天的表現不太正常。因為她拉肚子。是那種很稀很稀的糞便，湯湯水水從肚子裡跑出來。在接下來的二十分鐘內，她詳盡描述了糞便的分量、形狀和顏色。她甚至提到了氣味。唉，是那種混雜了廣東燒肉和蔥蒜炸麵的味道，不過全腐爛掉了的感覺。

整個晚上她身上一直很好聞的香水，現在不知怎麼地聞在他鼻裡，像不新鮮的過期醬油，又鹹又重。

她興奮回想從小到大每一次她吃壞肚子的經驗，曾經還發生在一次中學模擬考前，因此她得以避開那次大考。

我告訴老師我的大便都是墨綠色的，她一臉認真地說。他卻注意到她的兩眼事實上不大對稱。

還有一次，她繼續說，她讓一個男孩失戀了，男孩跑到她家，倚在門檻傷心地說，他為她食慾不振、睡眠不濟，最後身體排出來的糞便都是黑色的。

對女人來說，人生如糞便——他拿起水杯想喝，終究還是放下，因為她正在說——而且大部分時間都是黃色的稀大便，雖然我們常想要結實完美的成品從腹腔裡被生產出來。但是拉稀的事情總是發生。

整個晚上，她頭一次正眼看他，就在這一刻，他發現她鼻頭上的黑頭粉刺。她說，「不騙你，拉稀的事情總是發生。」

8

厭煩

寂寞男子

他在電話裡嚎啕大哭，說他再也忍受不住。並且發誓，明天他就要離開這個地球。他邀請我隔天一大早去觀禮。我破曉即起，頭腦呆笨未醒，一路彎彎曲曲開車來到一處他指定的山谷，在霧氣濃重的海芋田裡找到他。

男人全身赤裸，非常勇敢地站在氣溫只有攝氏八度的清晨山谷裡。他顯然已經保持該姿勢很久，指尖有露水滴落，嘴唇凍得發顫。我開始我沒有效力的勸說，大意是人生其實美好，別做無謂傻事。他只是站著，一動也不動，淚水鼻水源源沖激下他的臉頰，在下巴處凝成條狀。我瑟縮在我的外套裡，有點不耐煩，終於也失去說話的興頭，僅死眼盯著他瘦弱的身軀在寒風中幾近猥瑣的抖動。

有那麼一會兒，他、我、濃霧和天上盤旋的烏鴉，靜靜構成一幅圖畫。沒有聲音。

「你到底是為了什麼如此絕望？」我打破沉默。

「我，」他虛弱地接答，「我只是好寂寞。我好寂寞、好寂寞、好寂寞。」突然間，他拔開喉頭：「我—就—是—寂—寞！寂—寞！……」他的哀嚎聲迴盪山谷，烏鴉驚慌飛散。我從口袋拿出菸盒，點了支菸，轉身朝山下走去。

我知道他會沒事。一個寂寞的人，只是對生命失望，不是絕望。

疲倦

夜裡，疲倦悄悄爬近他的枕邊。隔天早晨起床，他便感到前所未有的疲倦。

刷牙的時候，他只想草草漱口了事；平常最介意的褲管壓線，他視若無睹。妻子的笑臉迎上來，他無所知覺。

他開著平常開的車子，走平常走的路，坐在平常的辦公桌前。沒有特別事情發生，一切都跟昨天入睡前的日子一樣，只除了他異常地疲倦。

疲倦的人不會叛逆。不會逃跑。因為他不是對原來生命不滿。他只是突然失去興趣。失去慾望。失去好奇心。

他不想看，不想聽，不想嗅，不想問，不想動。也不是想休息。他只是沒勁兒。他一時不知道什麼該在乎、什麼不該在乎。在搞清慾望優先順序之間，他沒法作決定。

問題是，他彷彿患了失憶症。他忘了他原本要去哪裡，剛決定去見誰，又是想要辦個什麼事。他只覺得輕飄飄的。遊魂般移來移去。在時空中摸索自己的位置。

整天，他只能推開窗，看著對面公園發呆，等待某一天，匱乏會回到他住的社區，推起他坐著的身子，伸出手，再向生命熱切要些什麼。

The
Mechanical
Age

當我第一次看見波濟胥先生這批描繪中古機械的版畫作品時，我立刻感到他表達了我這幾年來一直在思索的問題。也就是，如果我們承認了人類目前文明規模的存在現實之後，人性究竟有無因之改變，而我們應該如何繼續跟我們的生命環境互動。

Ex a 1/3 „After Paulus Sanctinus Duceuris" M. Bochis

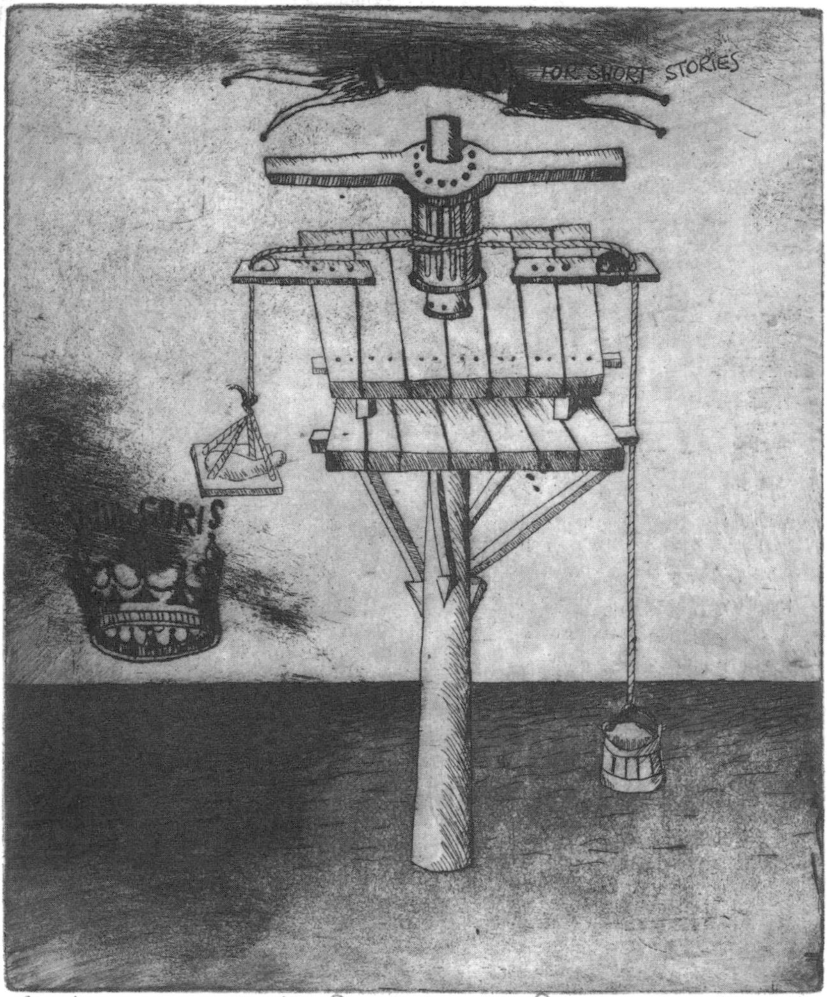

Ex 19/50 „After Paulus Sanctinus Ducensis" M. Brodnij

Ex 31/50 „After Paulus Sanctinus Ducensis" M. Bochiș

Ex 34/50 „After Paulus Sanctinus Ducensis" M. Bochis

Ex a 1/3 „After Paulus Sanctimus Ducensis" M. Bortis

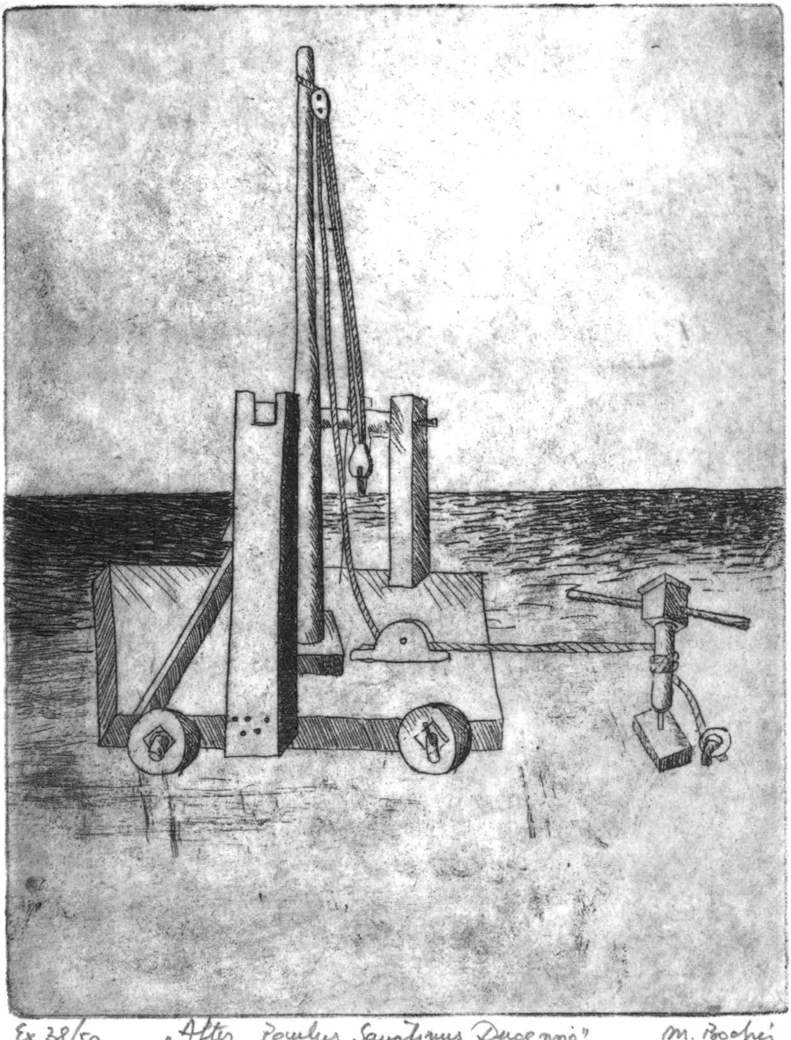

Ex 38/50 „After Paulus Sanctimus Decennio" M. Bochej

Ex 29/50 „After Paulus Sanctinus Ducensis" M. Bochiș

Ex 19/50 „After Paulus Sanctinus Ducensis" M. Boikis

Ex 29/50 „After Paulus Sanctinus Ducensis" M. Bochiș

Ex 29/50 „After Paulus Sanctinus Ducensis" M. Bochiș

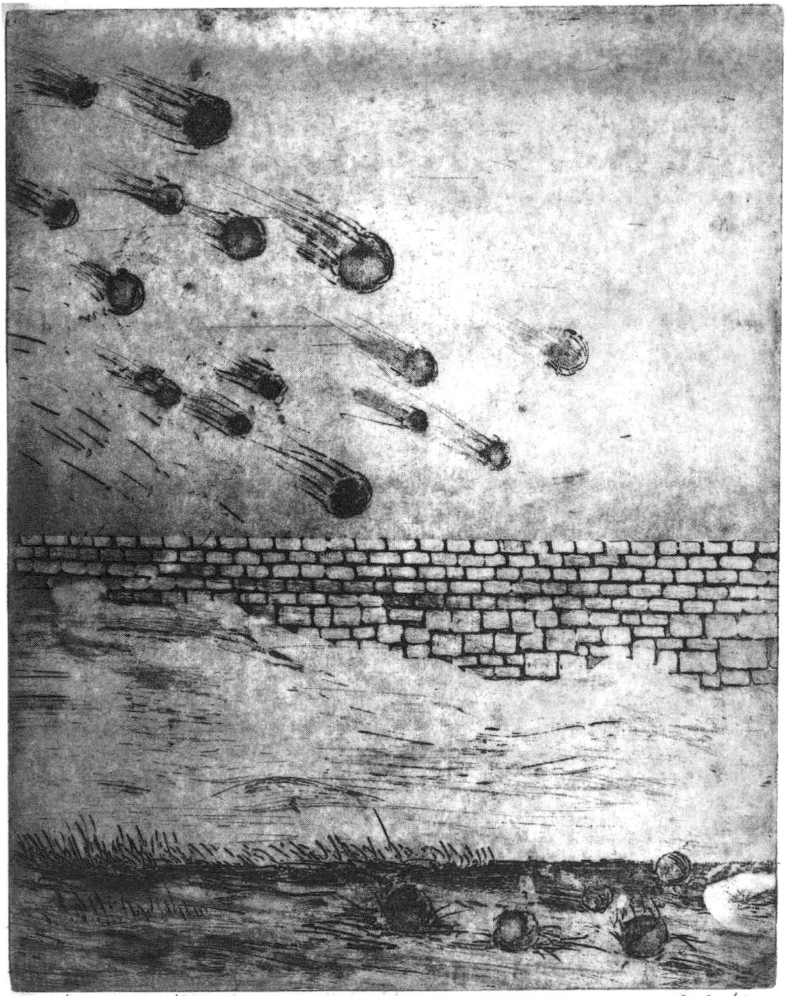

Ex 27/30 „Hard day"

Ex 15/30 „Dream" M. Bochis

Ex a 1/3 „Dream"

Ex 26/30 „Dream" M. Bochiș

Ex 17/30 „Dream" M. Rooks

Ex 17/20 „Dream" M. Bochiș

在他深刻有力的筆觸下，我看見了一種特殊的生命品質，被完整地保留於人類自己發明的機械形式之內。我想，我見到了有些人會以為只屬於文學的思考。活躍，機敏，深沉。既美又強。

繪者——波濟胥（Mircea Bochis）

1950 年生，著名羅馬尼亞藝術家、雕塑家、畫家。
畢業自羅馬尼亞 Ion Andreescu 美術學院，
其作品自八〇年代起便廣受國際矚目。

9

摩擦的困頓

我愛你

「不。我不要和你見面。」

「為什麼？我們在網上相交這麼久，相知如此深。我們應該見個面。」

「見了面，要做什麼？」

「我們可以牽手，可以做愛，可以互相將呼吸吹到對方耳後，可以觸摸對方最親密的深處。」

「然後呢？」

「也許，我們可以試著生活在一起。我想要跟妳廝守一輩子。」

「不。我們不會廝守在一起。我們只會開始吵架，厭恨對方，看見對方所有的缺憾。因為，我們不能欺瞞對方，偽裝自己。不能假裝自己和對方都是一個完美的人類，而我們有一段完美的關係。」

「但是，網路上的一切不是真實的。妳不能只靠想像力過活。至少我不能。」

「你沒有理解一件事：我不需要你。我卻需要我的想像力。真實不重要。我已經有太多的真實。我要的是不真實。你的真實存在，只會讓我奄奄一息，因為我再沒有虛無飄渺的希望能美化我的真實，我將失去理由可以固執地相信，我會有幸福的一天。」

「正是因為你完全不存在，我才能夠如此愛你。」

機器人

她寫優美的詩，彈一手好琴。能夠拼裝出一輛最先進的自動汽車，下廚燒出上等菜餚，身上不沾一點油漬；可以解開令世上最頂尖科學家束手無策的方程式，知道如何送一個太空火箭去另一個銀河系；還曾在三天內織出一片巨大的波斯地毯，圖案之複雜精美，成為每一個見過的人一生中最驚愕的視覺經驗。

聽說過她的人們總是說，「是，她的確非常完美，」然後，一聲不知可惜還是慶幸的嘆息，「但，她是個機器人，你知道。」

她活躍於上流社會，每天晚上過著華麗的生活。參加宴會，身上的服飾是她自己親手縫製的，永遠是頂尖服裝設計師夢想不到的設計。人們都喜歡她，她身邊總是一層一層捲上許多人，都是她的崇拜者和仰慕者，從地球各地不遠千里而來，就為了一睹她的風采。

但，她沒有朋友。因為她是個機器人，每一個人類都會悄悄對你耳語。

男人無可自拔地愛上她皎潔無瑕的額頭和細緻優雅的長腿。他們從她身上看見一般女人缺乏的高貴氣質，但卻稀奇地沒有感到自身的渺小不稱頭。他們不把她當作女神般尊敬，個個自信可以得到她，驕傲地想，「再怎麼樣，她也不過是個機器人。」

但是，自從她出現在人類社會以來，還沒有一個男性能夠攫獲她的心——如果她有一個心的話。

那個他們初相遇的晚上，就像一般雄性人類該有的反應，他愛上了她。他同時驚訝地發現，他對這個自己剛愛上的女人沒有一絲絲敬意。這是個怎麼樣的情緒，他不明白。

他非常渴望得到她，尤其當她的紅唇對著別人說話時，一啟一闔之間，他幾乎想野蠻地推開宴會上其餘不相干的客人，將她直接壓到牆角。吻她。

兇烈無比。吻她。

但是他也清楚意識到，自己對這個吻是十分不希罕。他只想得到，也莫名自信能夠做到，然而，並不打算珍惜。他喝一口冰涼的香檳酒，環顧四周，發現了其他男人的目光。跟他的一樣狂猛邪惡。

就在他感到興奮又困惑時，另一件令他更興奮而困惑的事情發生了。

她轉過身來直直盯著他看。越過一圈又一圈殷勤諂媚熱情好奇的人們，她就這麼看著他，不發一語。周圍的聲響逐漸減弱，在非常沉默到令人緊張的情緒裡，人們紛紛轉過頭來，望向他。沒有人說一句話。只是跟著他們的女王，打量眼前這個深棕髮色的斯文男子，瘦瘦的，全身上下絲毫沒有特色。

他只是一個人類。

而，以一個人類的直覺，他清楚知道，這個機器女人愛上了他。雖然他不知道原因，他也沒有興趣追究。他滿足於一種虛榮情境，像一個逐漸吹大的口香糖泡泡，將他徹底包裹。

那天晚上，他們相偕離開那個宴會後，他就成了世界上最幸福的男人。這是一點也不為過的說法。精準十足。她幾乎是完美的情人。跟她在一起，男人想要從女人身上得到的，都能夠獲得滿足；男人想要從其他男人身上得到的，她也不會讓你失望。頭一次，他發現他的生命無所缺憾。

然而，他卻越來越心浮氣躁。

（跟她做完愛，他老是感到必須立刻下床，進到浴室。他就是無法忍受自己汗流浹背，一身體味，而她的皮膚卻仍然清爽乾燥，甚至散發淡淡的鬱金花香。）

他沒有辦法安靜下來待著。

（當她引經據典跟他談論康德或亞當史密斯或曹雪芹，他發現自己完全不能好好聽她說話。他老是想打斷她，即使她說得如此精彩有理。）

因為他不相信他所看見或感受到的任何東西。

（她每隔五分鐘總會告訴他一次她愛他。他卻懷疑她身上是不是有一個電腦方程式，設計好她必須每五分鐘做出這個舉動。）

而且他變得如此自大。他認為他是最完美的男人。

（如果連一個零缺點、非感性、用數據和客觀標準檢驗世界的機器人都會愛上他的話，那麼，他不是一個完善的雄性人類，他會是什麼？）

事實證明如此。自從他跟她在一起後，所有的雌性人類忽然都瘋狂愛上了他。他選擇了機器女人而非人類這件事深深刺激了女性同類。她們發現他神秘憂鬱，認為是她們誤待了他，才讓他做出如此極端的選擇。每一個女人都被激發了聖母般的情緒，以一種虔誠的宗教精神，想要讓這隻迷途羔羊回到正確的軌道。

只要他一出門，總是有不知名的女人從不知名的角落衝出來抓住他，想要獻身給他。即使他躲在家裡，她們也會日日夜夜守在門口，想盡辦法入屋或從門縫遞情書給他。跟她做愛的時候，他仍能聽見那些女人在門外拼命喊著他的名字，聲音高亢而痛苦，他不禁以為自己正讓不只一個以上的女人叫床。

他十分得意。完全忘了之前自己不順遂的醜小鴨經歷。他迫不及待狠狠利用了現在的優勢，周旋玩弄了任何接近他的女人。當他結束每一場遊戲，提著褲子回頭見到她受傷的眼神，他只是聳聳肩。他連謊言都懶得編。

她只不過是個機器人，她哪來真正的感受？就算是眼淚，也只不過是水和鹽的混合物從高聚合透明塑膠珠子爬出來罷了。

這樣的思考發生了一兩次，他便拋諸腦後。他專心一致過著他想要的生活，跟他當時想要的伴侶相處。有她沒她，或完全沒有她，就像另一個銀河系裡有一個星球爆炸，只要那一刻他沒有抬頭看天空，對他來說就算是一點事也沒發生。即便他在那一刻抬了頭，見到了短暫的閃光，他也不會明白發生了什麼事。

偶然，很久很久一次，他又回家跟她上了床。做完愛，他才發現是她，而不是他之前所想的那個女人，他看看房子四周，嘲笑自己都忘了家在哪裡。

他光溜地從大而軟的被單罩子滑出來，站在他的舊桌子前找他的指甲剪，機器女人支起上身，在床上望著他，眼淚亮晶晶掛在頰邊。

她他媽的真的是很美。他禁不住誘惑，回到床上，抓起她的胸脯就要摸弄，同時將一隻腿粗魯卡入她雙腿之間，等著進入。這時候，他聽見她的哭聲。不是啜泣，不是哽咽，是非常明確的痛哭。毫無掩飾。

她在問，「你愛我嗎？」

他沒有回答，繼續把事情辦完。然後他再度回到舊桌子前找他的指甲剪，好好把腳趾甲修一修。穿好衣服，他準備離開。

女人的哭泣現在已經成了歇斯底里的悲痛，她激烈地撕毀床單、枕套，枕頭裡的棉絮飛舞漫天。雖然哭得亂七八糟，聲嘶力竭地，她還是十分動人，令整個場景帶有一種戲劇化的美感。他像一個缺乏感情的觀眾，觀賞了一會兒。之後，他轉動門把。

「為什麼？」她悲憤而哀戚地問他，「為什麼？我不是最完美的情人嗎？」他站定他離去的腳步，臉上有一種表情，是她身體裡所有方程式都無法理解的。

他想要說些什麼，卻終究什麼也沒說。他只是輕輕關上門。

10

從此他們不再掙扎

100%的新郎

他結婚了。於是，所有朋友才驚訝發現，這個男人其實已經有了一個相交多年的女友。

「為什麼以前從不曾聽你提起？」我問。

「好像說了以後，就會減少新的戀愛機會。」他答。「朋友總說，何必再介紹女孩給你，反正你都有女友了。但是，我的心意卻始終未定。」

「從小，我以為每一個人類都是成雙成對出生。所有人早已配對配好的。因此，偌大人海，其中，有一個女孩只屬於我。我也只屬於她。我跟她一直平行進行著各自的生活。當我在吃薯條、打籃球、坐火車時，我會幻想她正在讀報紙、吃冰淇淋、替新鞋子穿鞋帶。我們還不認識彼此，但是，有一天，我們會在街上相遇。」

「聽起來像村上春樹的小說。」

「可能吧。但是，不一樣的地方是，村上春樹只描述了百分之百男孩和百分之百女孩的相遇，卻沒有誠懇道出他們的結局。」

「結局是什麼？」

「就是永遠沒有結局。因為，每當我在一個巷口遇見一個百分之百的女孩時，我的驚喜混雜著害怕。我害怕，眼前這條巷子顯然還很長，萬一下一個轉角又一個百分之百的女孩出現，我該怎麼辦。」

「最後為什麼終於下定決心呢？」

「我不想再提心吊膽過日子了。」他打開皮夾，拿出新婚妻子的照片給我看。照片裡，她笑得很淡漠。不怎麼興奮的新郎說，他終於學會對生命不要有過高的期待。

真相

她從報紙上讀到前夫即將再婚的消息。他要跟一個男人結婚。震驚不已的她拿起電話撥給那個分手多年的男人。

「我一直都是同性戀。」男人的聲音平靜從電話另一端傳過來。她則抖著聲音問他，那些激情、那些勃起、那些體液，他說：「那些都是假的。」

那些都是假的。她掛完電話仍無法置信。她跟他離婚之後，也與一些男人上床，每一次下床都還免不了想起過去跟他的恩愛。他是她在床上有過最好的情人。當她閉起眼睛，想起他高潮時的臉孔，女人的慾望便在兩腿間蠢蠢欲動，令她禁不住想呻吟。

他卻說是假的。他假裝的。卻是她最真實不過的經驗：她仍然記得兩人做完愛後他將她的嬌小身軀溫柔攬進臂彎的慎重。那一刻，她確信她是被愛的。這輩子，她從來沒有像當時那樣確信自己的愛情。

現在，他說，那是假的。電話掛後，她發呆的目光逐漸溼潤起來。她甚至不知道自己為何哭得這麼悲慘。

卡洛斯

高中一畢業，卡洛斯和他的初戀情人就來到巴塞隆納——西班牙最大的一座城市。在這裡，他們一起上大學、打工、結婚，並決定立刻有個孩子。他們之間的愛情如此強烈，事隔二十五年的今天，卡洛斯談論起來這段往事時，拿菸的手指仍輕微顫抖不已。

雖然如此強烈，但是，愛情卻沒能維繫住他們之間。孩子哭聲、學校課業、工作壓力，巴塞隆納大城市的生活終究壓垮了這對年輕人的愛情。

現在的卡洛斯住在巴塞隆納山邊的高級住宅區，是一家大型出版公司的總經理，旗下擁有三十多種雜誌，包括女性雜誌、新聞周刊、青少年流行刊物、成人雜誌、旅遊雜誌等等。回想起來，他今天的成就，跟第一段愛情無關，卻全拜他的第二段婚姻所賜。

卡洛斯一點也不愛他的第二任妻子。他眼睛一點也沒眨地向我承認，但他的黑眼珠似乎顏色更深沉了。

第一次真愛的失敗，令得他不敢再接近愛情。他轉而投向一個他一點也不害怕失去的女人懷裡。這一投，就是十六年。

十六年來，他每天早晨按時起床，開車帶著孩子上學，之後，沿著港口周邊、一條條因前夜醉酒人士的嘔吐物而發臭的道路，他跟現在的表情一樣眉頭一點也沒皺地開過去。

車停好，進了辦公室，再出來已是半夜。就這樣他從一個小編輯，成了總經理。靠的是犧牲他與妻子相處的時間。基本上，也談不上犧牲或不犧牲，因為他一點感覺也沒有。或是，他從來不試圖去「感覺」。

直到一天早晨，他爬不起來。躺在床上、他眼睜睜看著喜洋洋的陽光夾帶著新鮮海洋氣息刷亮他整棟地中海公寓，知道外面又是一個典型地中海的美好天氣，他卻找不到任何一個讓自己起床的好理由。連他的意志力也離他而去。他終於意識到，要不他應該立刻自殺，不要再活下去，要不他應該立刻走出這個家，尋找一個能夠讓他天天起床的好原因。

在餐桌換上第三種紅酒時，卡洛斯提起安娜的名字。安娜的出現，就像白夜的奇蹟，從此太陽不再落山，人不必入眠，卡洛斯卻還是不想起床——因他只想和安娜不分晝夜纏綿床榻。

安娜的皮膚白皙，骨肉均勻，長長的腿緊緊勾纏卡洛斯的靈魂和肉體。斯文優雅的卡洛斯描述他們初次見面在一家酒吧，臉紅氣喘，非常不平靜。該酒吧可遠眺整座巴塞隆納，高高低低建築構成一張地圖，邊緣鑲上蔚藍的地中海。那天晚上，安娜抓著他擠進吧台下面，瘋狂與他做愛。整個過程，他見不到調酒師的兩條腿走來走去，忙著替客人倒酒，他的雙目都被安娜的長髮淹沒，他的官能高亢到不靈。

我在這個時候問他，他覺得他的第二任妻子愛他嗎。卡洛斯微笑，他不知道，因為他從不曾花時間去理解這件事。

最後一道甜點上桌，檸檬冰霜一入口，既酸且甜的強烈檸檬香味立刻讓卡洛斯想起麗塔。

安娜的肉體魅力隨著她對卡洛斯的興趣減低而變成一種詛咒，對卡洛斯的詛咒。他想得到而一直得不到的持續焦慮，逐漸毀損他的工作、他的生活，甚至他的自信。他無法正常品嚐一杯他過去極愛的濃縮咖啡，也無法好好享受作為卡洛斯的樂趣。他痛恨自己。討厭自己的軟弱和痛苦。他亟欲摧毀墮落的自我，卻找不到力量來源。

這時候，麗塔出現了。就像這道爽口清新的檸檬冰霜，在油膩豐厚的牛排大餐後，讓卡洛斯滿懷感激、忙不送迭地吞嚥下去，並立刻感受到一道春天清溪從他的食道、胃部、血管流到他身體的各個末梢，令他重生。

他卻沒能像前面他描述他的三位妻子一般向我講述麗塔，他對她的記憶支離破碎，連她的眼珠顏色也沒能想起。他更不記得她通常穿什麼顏色或樣式的衣服，說不清楚她的職業和年齡。他想了很久，才說出麗塔的一個特徵，她喜歡喝義大利紅酒。

「我理解愛情的唯一方式，就是透過激情。」已經連續接受心理治療長達十年的卡洛斯說，「若是我的心在飛，我就知道我在戀愛了。」而這一次，他的心是否長著翅膀，他卻無法辨認。他只曉得他離不開麗塔。每天早晨睜開眼睛，他是為麗塔而起床。

「我不能說我懂得愛情，但是我能說我看見了愛情，」卡洛斯轉動手上的小雪茄，面對我，他引述聖經上的一句話，「我曾經目盲，但我現在能見。」

「就像我終於看見周圍的空氣一樣。」

困在牆壁裡的男人

男人醒過來，發現自己封在四面牆壁之內。紅磚一塊塊堆砌，未乾的水泥在夾縫中擠推出來，顯然昨晚有人快速完成這項工程，不免粗糙。由於從沒有被四面牆壁困過的經驗，男人花了一些力氣才找到正確的著力點可以起床。起床後，他發了一陣呆，不曉得還需不需要換衣服才能出門。因為牆擋住了全部向著他的視線，衣著整齊已經失去意義。

奇怪的是，男人沒有破牆而出的慾望。窩在牆內，整個世界隔絕在外，他覺得異常安全。像個舒服的嬰兒，他再度躺進一個子宮，不再恐懼。再沒有人能傷害他。但也再沒有誰理會他。

所有人經過他，只把他當作一根四面有牆的柱子；漸漸，他們在他面前高談闊論、流淚詛咒、高笑歡呼，甚至偷情做愛、排尿摳腳，也無所謂。他們完全忽視他的存在。

他是實在存於世界的一根柱子，也是隱形消失的一個人。

一天，他上街去買電蚊香，遠遠看到一根柱子對著他走來。從柱子移動的方式，他理解到對方是根女柱子。他的心跳加快，屏住氣息，他可以感覺到對方的血溫也正在加熱中，從柱頂冒出團團熱氣。兩個柱子站在路口，默默打量對方。他們想要擁抱，卻無從擁抱起。他們想要親吻，卻只製造出磚石碰撞的聲音。他們想要交談，卻聽見自己話語在牆內的回音。

太陽落山，黑夜隱去，日頭正中照射在他們頭頂。兩個想要相戀的柱子在一天一夜後，無計可施，只好各自朝不同方向分手，笨重離去。

11

跨越

情話

「妳為什麼對我這麼壞？」

「我沒辦法控制。你引起我自然而然的厭惡。像是在炎熱夏日午後經過收拾乾淨的菜市場，空氣中飄浮著雞鴨魚的屍體腐味。視覺捕捉不到那種嫌惡，身體反應卻是真實的。」

「妳說過，妳愛我。」

「也許我說過，但，我已不復記憶。我的潛意識如一個歷劫歸來的車禍生還者，有選擇性地鎖上最不堪的記憶。我拒絕想起，不願想起，最後也無能想起。記憶，不像游泳，不是過了冬天之後、下一個夏天下水，身體仍會自己尋找去年的軌跡。遺失了記憶，就是遺失了，沒有失物招領這回事。」

「妳不覺得妳對我太殘酷了。」

「是的，我是。我必須。如果我不對你殘酷，我就必須對自己殘酷。我的原始生物本能驅使我採取攻擊的態度。不攻擊，我就得防禦。就像你現在的處境。反過來說，你之所以痛苦，並不是因為你愛我卻失去我，而是因為你失去了對別人殘酷的機會，只好任由別人蹂躪你的情感。你感到無助而受辱。這是你真正傷心的原因。」

「我想，我恨妳。」

「恨，也是一種生物牽扯。我無寧你永遠不要再對我有任何情緒。離開我的生物範圍。那麼，我們都能夠活得文明一點。」

死神

死神休假，來到一處度假沙灘。遇見天使在一支白麻鑲邊的遮陽傘下讀書。

沒說一句話，只是彼此互相點頭，死神在天使身旁一張空躺椅坐下來。風呼呼走過，又溫柔地回頭；雲層如一張巨人的黑色毯子裹住整個天空，太陽的影子仍從燦爛的海面反射出來。

死神和天使坐在逐漸淨空的細白沙灘，注視著遠方的地平線出現點點星光。時間或緩慢或迅速流過，他們似乎無所覺。時間，對他們沒有意義。

直到不知過了多久，天空出現第一道閃電，像一棵百年老榕樹的鬍鬚枝幹長滿整個天與地，天使與死神才緩緩從椅子上起身，一個向左，一個向右，他們頭也不回地分手，沒有留下任何腳印。

當海岸線終於消失，死神虛癱在地面上，為他的愛情哭泣。

聖誕快樂

我以為你會來見我。我是這麼興沖沖在聖誕時節來到倫敦。你知道我最討厭在這個節令旅行。天氣寒冷，歐洲處處落雪，趕路回家的人潮占滿機場和車站，路上舊車痕未消，新車輪又馬上軋嘎過去。在這麼繁忙的旅遊季節旅行，簡直是自找麻煩。

果不其然，我一下飛機，就找不到我的行李。航空公司櫃台小姐雖然客氣地接待了我，卻無法確切告訴我到底我的行李會在哪裡。可能是曼谷或蘇黎世轉機時掉了，也可能還停留在香港。她那張和善寬大的臉帶有職業性的冷漠。我給了她旅館地址，走到地下，搭鐵路進城。清冽冷風從地下鐵入口灌入，我才意識到自己親手準備的黑呢大衣仍壓在行李箱底。我拉緊灰藍棉衫的領口，瑟縮地夾在一群面色蒼白、頭髮淺亮的外國人之中，上了列車。穿著厚重外衣、手套，頸子緊緊裹著圍巾的他們，對我的亞熱帶打扮投以好奇又不以為然的目光。

列車起初走在地上。掠過一區又一區的英格蘭紅磚屋，微禿的樹木即使面對寒冬的侵擾，仍像一個沒落貴族世家的保守管家，面對時不予我的尷尬，企圖維持表面的尊嚴那般屹立。我在想，我馬上就要見到你了。這個想法，讓我顧不得周遭許許多多的陌生人，開心地發出響亮的笑聲。

到了我們相約見面的那間小旅館，我坐在大廳，對著外面精巧布置的英式花園，凝神。比較起其他高緯度的城市，倫敦並不是一個真正寒冷的地方。臨近聖誕節前夕，花園裡的草坪依然閃閃發綠，兩朵過了季的玫瑰兀自盛開，唯一讓人感覺到冬天威力的是空氣。夏季的城市總是像一籠蒸發過度的點心，熱騰騰霧濛濛；冬天，空氣凍結了，不再流動，萬物都變得晶瑩乾淨，散發聖潔的光輝。

而我在等你。雪，不知不覺下來了。靠近大英博物館的這間小旅館並沒有太多的客人。由於位居僻巷，門口也沒有很多路人車輛經過。我以為我會聽見雪花飄落的聲音，但四周畢竟還是沒有這麼安靜。至少，一支電話正在遙遠的一個房間裡，單調而落寞地響著。很久，很久。終於有人拿起聽筒。啊，我但願這個聽筒永遠不曾被接起。因為，就在五分鐘之後，電話掛落的聲音，隨後，旅館服務人員來到我身邊，告訴我你取消了訂房，要求他們告訴我一聲。

報消息的人聲音文雅有如一隻羞怯的貓，他的眼睛從頭到尾沒有抬起來看我一眼。他說完，離開，不過一會兒，默默端了一壺熱咖啡和烤麵包餅，靜靜放在我手邊的茶几上。我想道謝，但喉嚨緊縮，乾涸得吐不出一句話來。他的沉默對當時的我來說，有如一個老朋友的親切。我認為他理解我的失落。夾著愛情威力飛了幾萬里、卻終究沒能讓愛情按照期待發生的失落。

雪越積越厚。我想要假裝若無其事，出門，到大英博物館繞繞。手一搭上鈍亮發冷的銅門把，我馬上知道自己不能出去。因為我缺乏適當的禦寒衣物。千里迢迢來到倫敦，卻被困住。

我只好回到二樓邊間的我的房間。房裡很溫暖。倒在床上，不一會兒我就呼呼大睡。時差和寒冷其實耗去了我不少體力。等我再睜開眼，已經是隔天的黃昏時分。我昏睡了二十四小時。

打開房門，我周遊世界一圈的行李已經抵達，擱在門外。骯髒的雪水穿透不了行李箱的墨綠格子帆布，卻將酷寒成功地滲入其中。我打開箱子時，一股森冷涼氣像等不及的精靈急切竄出。我將冰冷的牙膏放到牙刷上，鎮靜地刷牙。我沒有哭。

我只是穿上那姍姍來遲的大衣和圍巾，到蘇活區買了這張卡片給你。你瞧，我並沒有忘記現在是歡樂的聖誕季節。

聖誕快樂。

愛情滋味

正在開車過隧道，她閉上了眼睛。不曉得她的情人會不會追上來。潛意識裡，她期待他會。也同時希望他不會，那麼她就可以將這次愛情的過錯全部歸罪於他，享受悲慘的滋味在牙縫裡酸酸鑽著。她從來不否認她的自虐傾向，因為悲劇總是伴隨著淒美的浪漫韻味，而浪漫情懷會讓女人覺得自己很美。她並不真的想要一個圓滿結局。她只要讓對方在得到自己的過程受苦，增加她的價值。

她的車繼續以高速在隧道裡疾駛。她腦子都是她情人焦慮的身影。她半驕傲感到一種可憐的美麗。想像對方追上來後，她應該如何拿捏由硬轉軟、由冷變熱的節奏。女人永遠是關係裡比較聰明的一方，她們表面柔弱，事實上卻是關係裡的強者。她們操縱對方的方式是以退為進。

她充滿信心地往前開。車子的輪胎轉得越來越快，她的眼睛卻是閉上的。她愛他。不能不想著他。忽然，眼皮的黑夜轉成紅色的天幕，她睜開眼睛，外面一片翠色像電影放映般亮開，山光明媚，陽光充足。周圍一切似乎非常美好。她的車子跑著。她的心緒卻逐漸緩和下來。有個情境彷彿隨著通過隧道而被留在山的另一頭。

過了兩個交流道後，她決定掉轉頭，往回家的路上奔馳。再度通過那個隧道時，她的心跳加快，於是，她又再一次閉上眼睛。她想到她的情人，想像他聽到她撞車的消息，加速流動的血液讓她的臉色變紅、脖子變粗，她感到，她即將有暈眩的可能……

分手情人

多年後，我突然收到他的信。沒有一句問候，劈頭就是髒話。

在信裡，他責怪我的離去。他說自我拋棄他後，他終日意志不振，精神萎靡，無法專心工作，以致被解雇。失愛的痛苦卻繼續令他惶惶不安，身心無法安頓，他必須夜夜狂歡，嗑藥醉酒，借助奢華浪費的聲色生活，搞得自己筋疲力盡，才能渾然癱倒，不然就會輾轉反側回想我的臉孔，一遍又一遍，無法入眠。

縱使如此，他仍時時感到寂寞。非常寂寞。空虛的心靈給了他一副貪婪渴求的目光，不斷在人群中搜尋一個迷人豐潤的軀體，好忘記我身上的香味和柔嫩的肌膚。但他無法不從這個女人身上流浪到另一個女人身上，因為他再也不能認真對待一段關係。

每晚，他跟女人上了床，激情纏綿，隔天一早就匆匆溜走。有時候，床上女人醒來，淚流滿面哀求他不要離開。他便會誠實告訴她們我的名字，讓她們知道是這個名字令她們不幸福。因此在這個世上的其他角落，有許多我不認識的女人夜夜使用巫術，詛咒我的名字。

為了能夜夜笙歌、跟不同女人上床，他很快花光了自己的積蓄、父母的遺產。他終於幹起搶銀行的生意。犯了近百起案件，上個月他失手被逮，如今待在牢裡，等著執行死刑。

一切全因我當年拋棄了他。

他在信裡充滿恨意地說。是我，我讓他完全失去了跟現實的聯繫，飄浮在自己的時空而無所依，而無法像個正常人一樣繼續生活。我，毀了他的一生。

我注意到他在寫我的名字時，選了一個別字。

公車

她每天晨昏固定搭乘該公車路線。拖著她永遠疲憊的身子，揉擠於陌生人的肌肉線條與汗水之間。

這個傍晚，她照常站在窗口，拚力想從沒關緊的車窗縫隙裡吸一口都市近晚的空氣。她的鼻子抽動，敏捷地收集鄰近空氣，忽然一股熟悉的氣味雜在紛亂的一大群氣味裡，柔弱纖細地穿過她的鼻膜。她混亂疲倦的思緒突然被震懾住，只留下安靜的回憶，說遠不遠，開始輕輕緩緩瀰漫她立足的狹窄空間。

她閉起眼睛，每一個細節都跳到她的眼前……。她柔情而飢渴地摸索記憶抽屜最底層的每一條紋理，並反反索索用想像的手撫摸著抽屜裡的東西，看能不能把它擦得更亮，像塊古老的玉環重新發出光澤。

窗外景物不斷退後，她的人也跟著退後，只有公車仍一股勁兒向前跑。

一會兒，她該下車的地方到了。

她沒有回頭找尋那股氣味的源頭，只是抹去眼角一點淚水，沒有出聲地嘆息，拉鈴下車。

照片

他在水邊哭泣。兩條河流在此匯集，注入大海。肉眼仍可辨識的遠方，大型遠洋船正準備出海。對岸是一座山。

他就坐在如此圖樣裡落淚。原因是遺落了一張照片。她的照片。剛坐渡輪上岸，他立刻淒涼喊叫。照片在過海時像一片葉子臨秋飄落，入海。他整個人生就被這麼留住，沒有過岸。他出乎意外的強烈情緒，讓我的心臟感到錯亂。我遲遲緩緩說不出話來。只得沉默聽著他鼻子抽咽不止。

「沒有了照片，我就沒有辦法懷念她。」

「你仍有你的記憶。」

「記憶是不可靠的。照片才是唯一的真實。」

「照片只是記錄。平鋪直敘的科學物質。你的記憶才是真正的情感經驗。」我以為我在幫忙。

「不，沒有了照片，就沒有了證據。也就沒有辦法收藏。我不能時時拿出來，放在手裡，實際觸摸一段過去。這是我唯一依然擁有她的方式。也是我唯一可以證明她已經死去的憑據。一張照片，就是一次死亡。能被拍下的，都已經消逝。少了照片，我就會被提醒，她仍然無恙地跟我一樣走在同一張地球表面，過著沒有我卻非常幸福的日子。她活著，可是她不要我。這，太痛苦。在照片裡，我卻可以看著她被框架在一個沒有未來的時間點裡，逐漸萎縮絕望，消去。不見。於是我能夠悠遊自在運用我的同情心，浸潤在一種哀傷的溫柔情緒，對她發出極美而不求回收的愛意。忘了她的寡情。」

「你這樣不是自我欺騙？」

「照片客觀而冷靜，人類主觀而熱情。你告訴我什麼才是真相？」

汽笛尖銳鳴起，我們先前搭乘過岸的那一艘渡輪正往回駛去。他望向大海，拿起身上的相機，照下了渡輪，海，和那一座山。

「現在，我參與了她的葬禮。」他平靜地說。

12

令人暈眩的……

女主管

女人不習慣使用權力？她不知道。

她只知道她剛解雇了一名部屬，而她的手仍在顫抖。搭電梯下樓，她來到辦公室旁的一間小咖啡店。咖啡店簡陋而老舊，客人向來不多，卻始終煙霧繚繞。店裡每一張椅子的金屬扶手都褪了色，桌面油膩溼答。她脊椎挺直坐著，眼前的咖啡一口也沒碰。

她不是個狠角色，卻常常帶有陰沉的神情。此刻，她的面部更形黯淡，予人莫名的緊張情緒。

老闆靠過來擦桌子，嘴部開開合合在說些什麼，她只勉強擠出一絲笑紋。面對她的敷衍，他仍不放棄，再度陳述了一遍他的話。她轉頭看他，露出困惑的表情。

「我說，咖啡冷了，妳要我給妳倒一杯新的熱咖啡嗎？」

她顯然還是沒有把話聽進耳裡，把頭轉向窗外，看著車子跑來跑去。老闆踱回到吧台，嘴裡咕咕噥噥：「……女人，怎麼回事？」突然間，如同一隻耳力敏捷的貓，她抓住了話尾。

倏地站起身來，她大步走到老闆面前。不顧老闆恐怖的驚叫，她把吧台上那一壺熱滾滾的咖啡嘩啦啦澆到中年男老闆的身上。

弟弟

弟弟要出去約會。嘰嘰喳喳，興奮跟我討論他該穿的衣服。他前天在逛書店時認識了這名舞者，對方邀他今晚去看他的舞展。

因為對方是位男性，弟弟說，姊姊比較有跟男人約會的經驗，比較知道男人的口味，要我幫他打扮。

他其實也不是我的親弟弟。他是我借住公寓的朋友的室友的乾弟弟。我在那座城市的最後一天，朋友不在，乾姊姊室友不在，他便來喊我姊姊，像個無辜小孩要求照顧。我一面幫他梳頭，一面否決他的粉紅色襯衫。同時，我又對自己的決定忐忑不安。因為我只跟異性戀男人約過會。也許同性戀男人喜歡粉紅色襯衫。我不知道。

「同性戀對約會對象的口味應該跟異性戀不同吧？你自己是男生，應該更本能知道男生要什麼吧？」

「可是，我也不是同性戀，我不知道同性戀的口味是什麼。」

「你不是同性戀，為什麼要跟同性戀約會呢？」

「如果我不跟同性戀約會一次，我就永遠不知道我是不是一個同性戀。」

「你打算跟他上床嗎？」

弟弟從抽屜拿了兩個保險套，微笑離去。隔天，我離開那座城市。沒見上他最後一面。一年之後，收到弟弟的信。他說，自從與那名舞者約會後，他證實自己是一個同性戀，於是一直與男人約會。可是，有一天，他喝醉了，糊里糊塗跟一名女孩做愛，竟發現那是一個不可言喻的美妙經驗。於是他又成了個異性戀。

「我要說什麼呢？也許我真正喜歡的不是男人，也不是女人，而是做愛本身。只要能帶給我快感的人，就會激發我的愛情。我畢竟是年輕，沒辦法想到除了肉體以外的事情。」十九歲的他老練地在信尾簽名，又特別附註了一句，「可能，等到肉體對我已經失去吸引力的那一天，我就應該準備死去。」

雛妓

十一歲被自己姊姊的男朋友強暴後，她便出來當妓女。每天晚上踩著高跟鞋，補滿她尚未長完的高度，敞開領口露出瘦伶伶的胸脯，在街角來回勾動男人的視線。她邊吐出一口煙，邊告訴我她家裡有八個兄弟姊妹，父親在牢裡，母親幫傭卻養不活全部的人，她只好一直出來做生意。

最近，私奔後的姊姊大著肚子回來，最小的弟弟得了不知名的怪病，現在連她當妓女賺的錢也不夠貼補家用。可能下一個妹妹也得輟學出來街上拉客。自己拉客比較好，她又點了一根菸，不必給人抽頭，唯一危險是不能過濾顧客，容易出事。

這時，她停下來，早熟的臉孔沒有一絲表情看著我。我點點頭，鼓勵她繼續說下去。她卻無意開口。只是沉靜把菸抽完。

這樣的故事，真的對你的碩士論文有幫助嗎？她最後一口煙噴在我的臉上。你會給我錢嗎？

13

意識形態的飛行

旗子

那些人拿了些花花綠綠的旗子在我眼前晃動。非常激動。說是一種他們犧牲了生命和智力去保有的東西。現在他們要交給我。

而我必得要犧牲我的生命和智力。全部。去保有這幾面旗子。不計代價。他們帶著幾乎瘋狂的表情告訴我。我轉著眼珠子，沒說什麼。心裡對旗子的顏色其實很有意見。

然後，我便拿著這幾面旗子回家。走在街上，遠遠看見其他年輕人也拿著旗子過來。有的旗子跟我手上的一樣，大部分都不一樣。當我們交叉而過，每一個年輕人都羞澀低下了頭。面紅耳赤。的確，沒幾張旗子的顏色是美麗的。會有那樣的顏色配置出現，簡直是不可思議的錯誤，我們卻被迫要拿著別人美學實驗失敗的旗子走來走去，讓陌生人以為那是我們的品味。

而我們年輕人是這麼地好色。

我繼續苦悶往回家路上走。為了避免讓別人注意到我手上的旗子，我開始抄小徑。無人。高高的牆面夾出一條條細直的巷子，沒有陽光，只有別人庭院樹木的陰影。我心情逐漸輕鬆，甚至哼起我熟悉的流行歌曲。一個轉彎，我的旗子和另一個人手上的旗子打撞在一塊兒。啪啪啪，斷了三根旗子。他一根，我兩根。

事出突然，我們倆都呆住了。沒有誰說話。等我一回神，我馬上生氣起來。為了什麼原因，我不知道。但是，這是「我的」旗子。沒有人可以這樣折斷「我的」旗子。

對方顯然也很生氣。很快地，我們就吵罵起來。接著就動手。我把他剩下的旗子全折了，他也不甘示弱跟著做。還打了我一拳。他看著我的眼神，有如我是他起碼三輩子的仇人。我立刻發動更大攻勢，使盡力氣，我拼了。

沒多久，我身上全是傷，他卻快要死了。

巷子裡仍是非常陰涼。他禁不住哭了起來，唉唉抱怨旗子的顏色，不理解怎麼會有人這樣設計旗面。現在，他居然要為如此醜陋的旗子送命。他伸出衰弱的手，求我救他一命。

我坐在他身邊的地上，揩乾淨他臉上的塵土，陪他嚥下最後一口氣。

14

死亡

暗巷裡的屍體

我轉入一條小巷。浸落在夜的深沉裡，小巷顯得格外孤絕陰鬱。避開大街的烈風，我低頭點菸。打火機一閃，我看見那具屍體。

屍體靜悄悄躺在死巷的盡頭，緊緊貼著大樓牆壁和路面形成的直角，彷彿要往縫裡鑽去。鑽累了，屍體的主人於是闔上眼，就地打盹。我慢慢走近屍體，它正沉沉睡去。我的硬鞋跟在水泥地面敲出巨大聲響，清清冷冷迴盪在空氣中。停在屍體前面，我身子前傾，打算探個究竟，手上忘了抽的香菸燒出一截長長的菸灰，一個顛腳，掉落在屍體的眉睫上。

我驚出一身冷汗。三秒鐘空白，不能思考。

菸灰像冬天雪花輕輕柔柔搭襯著屍體蒼白的面容，幾乎有一種聖潔的感覺。屍體毫無動靜。

沒由來，我憤怒起來。黑暗中，我感到屍體的冷笑。雖然它的肌肉已然僵硬。我卻清晰讀到它對我的鄙視與不屑。它的嘴角拉扯無形的上揚曲線，吊兒郎當衝著我挑釁，嘲弄我的懦弱膽小。

我打算立刻回報。拉開褲襠拉鍊，我痛痛快快灑下方才喝下的酒，在冷夜的空氣中劃出一股熱水柱。屍體毫不閃躲接受了這份汙蔑。我遲疑了一下，又狠狠對它啐了嘴口水。它完全不在意。它只是對著我，繼續微笑。

恐懼如同一隻巨掌朝我的後腦門將我整個人攫起，我的頭皮發麻不止，腿軟無力，意識虛浮在半空，無法著地。我已記不住我是如何離開那條暗巷。

15

時光

老革命分子

革命已經結束了。他卻還是小心翼翼地走路。彷彿他的獄中腳鍊還在。

每天早晨，他精神緊張，整夜沒睡的神情來到巷口的早餐店。坐在窗口，他四處張望，像個賊在提防警察的蹤跡。他沒法放鬆，並且失去正常說話的能力，只能從喉頭發出外星人般的奇異聲音。沒有人知道他如何生活，也沒多大興趣理會。曾經他為這個國家的犧牲，已經寫在公園的紀念碑上。那塊巨大的雪白碑石，據說是城裡情侶親熱最理想的屏障。

而他總會在早餐過後來到這塊歷史碑石，默默佇立。不認識他的人們以為他只是一個來憑弔過往的遊客。誰想到他還活著。一個歷史課本上的人物不應該在這個時空。現在。

我遇見他的時候，他對我微笑，點點頭說了一連串話。從支離破碎的話語中，我逐漸拼湊出他的意思。他說，他在等一個女人。多年前他拋棄的女人。當年他決意出門革命，不顧女人纏絆在他腳邊的哀求姿態，狠命踢開。

但他堅信，深情忠貞的女人一定還在哪個地方等著他。有一天她會來找他。她會來到他面前，原諒他過去的無情魯莽，重新把她的一雙明眸望向他。

然後他便重新能擁有他的人生。那個失落已久的人生。

他充滿希望地說到這兒，他一直緊繃的神經忽然柔和了，拉著我的手，像個少年郎，他輕輕躍了一個舞步。

老太太

兩個老太太，一胖一瘦，隔著鐵門說話。每天上午準十點，胖的那個便氣喘吁吁爬上樓梯，按門鈴。裡面那個瘦的，打開內門卻留著鐵門，隔在她們倆之間。於是她們各自兩手抓著鐵門的欄杆，交談日常瑣事。細細碎碎，聊個不停。我總是在下樓去上班時，跟她們笑笑。她們則警覺地停下，閉上嘴。等我離開兩層樓般的高度，乾癟沙啞的聲音重又在樓梯間密響起。窸窸窣窣。像電影院放電影時有人撥開塑膠袋吃滷味的聲音。

一個周末早晨，胖的那個仍舊來了。不知怎麼，兩人吵了起來。胖的那個於是用力敲打起鐵門，激動的胖腳死命踢得鐵門隆隆打雷，我從睡夢中慌慌張張起身，下樓探視，看見瘦的那個表情與我同等驚慌，正猛力關上內門。兩道門堅實地將胖的那個隔在外面。

胖的那個不知是氣得喘不過氣還是方才肢體過度激動的緣故，整張臉脹紅，撫著胸口，快要暈倒的樣子。我趕緊下樓扶住她，她畢竟沒有暈過去，站得四平八穩，看著我，想說什麼卻沒說什麼。最後，她推開我，一個人慢慢扶著樓梯下去。

到了星期一上午，準十點鐘，瘦的那個把內門打開，隔著鐵門觀看我下樓上班。

胖的那個老太太沒有出現。事實上，她再沒有出現過。瘦老太太還是打開門。每天上午準十點鐘。隔著鐵門，看著這棟樓的居民和訪客上上下下。她的眼神有點滯重。嘴角下墜。

就這麼看著。

漸漸，她站在鐵門前的時間越來越長。有一天我下班，看見她還站在那兒，我查了一下手錶，理解到距離上一次我見到她在這個位置已經十個小時以上。她兩隻細瘦的乾爪，緊緊攀住鐵門的欄杆。她目光追我上樓，臉上掛著虛弱的表情。我認為她病了。

我想過去攀話，她迅速關上門。把我跟那天的胖老太太一樣被隔絕在外。

她的嘴角越拉越長，抓住鐵門的雙手如同進入冬季的藤蔓，日漸枯萎，卻仍頑強攀爬在建築物身上。我每天經過，只得低頭快步通過。使用我對付路上殘肢乞丐的惡招對付她。不好受。可沒別的智慧。我只能假裝。我知道她在看我。就在門後。我卻得把她也當作一扇沒知沒覺的門。走過去，盡可能快速。

然後，一天，那扇門不再開。聽說，老太太死了。我訝異地發現自己，完整，徹底，全然，大大地，鬆了一口氣。

16

私密

一分鐘

再一分鐘。他說。

可是我怎麼能再等一分鐘？還有那麼多人未見，那麼多報告沒寫，那麼多電話沒打，那麼多資訊要消化。而他卻教我等一分鐘。

我想起三個月前買的那一本書，談時間管理秘訣。我真應該把那本書帶在身上的。我是那麼一直想讀這本書卻完全沒有時間。現在的一分鐘是絕佳時機。要不也該將上司給我的那份參考資料放在袋子裡，隨時隨地有這樣的一分鐘，我就可以充分利用。

真該死！我卻居然什麼都沒有帶。

上下搜索，只摸到我的皮夾、小型電話本，褲袋裡則塞滿各種亂七八糟的收據。

而我有一個完整的、空白的一分鐘。

也許，我可以打電話給其他人。一分鐘應該足夠打一個緊急電話。不是有那麼多人需要聯絡嗎？對！就這麼做！我真為我自己的聰明感到興奮。環顧四周，見到一張桌子，兩把椅子，和一幅宋朝的畫掛在牆上，另有一盞現代感十足的金屬照燈打在畫上。卻沒有電話。

我不由得恨起那個讓我等的人。並從我的恨意中感到一份絕望。為什麼要這樣浪費我的生命？我不曾做過任何傷害他的事情。甚至這是我們第一次的見面，沒有理由這樣對付我啊？先是沒有事先打電話通知我他會讓我多等一分鐘，好讓我隨身帶著我想閱讀的書籍資料，又接著將我放置在一個沒有電話的空間裡，讓我徹底無事可忙。

至少約在一個咖啡廳吧，那麼我還可以看看過往行人。發呆也顯得理所當然得多。

然而，現在，我那兩隻直楞楞的眼睛非但完全不能呈現布爾喬亞的優雅，甚至還透出一股笨重的呆氣。

我焦躁起來，為自己的無所事事感到憤怒。好像一個開放空間恐懼症患者突然從一個安全的密閉室內被帶到一處遼闊荒地，為找不到遠方地平線而喘不過氣。幾乎窒息。

為什麼會出現這麼荒謬的情況？我有一分鐘。一個完全屬於我的一分鐘。我卻什麼也不能做。不能有效率處理公事，也不能悠閒享受私事。只能像呆子似地站著。像是有人用刀硬生生切割開我生命畫布，替時間留一道粗魯的刻痕。無法補救，沒有意義。

我必須要做點什麼。一定要做點什麼。不管如何，做點什麼。因為我有一分鐘。因為那個該死的人叫我等該死的一分鐘。我有一分鐘啊！什麼人來幫我一下，讓我做點事吧！我不能坐以待斃，眼睜睜看著一分鐘溜走……滴答滴答……滴答滴答……

正當我終於要徹底絕望時，門開了。「請進，」他說。於是，我像個服刑期滿的犯人，充滿對生命新的敬意，虔誠而莊嚴地走了進去。

別人

她拉住我的手腕，使我在人潮洶湧的廣場上停下來。我想要擺脫。她的手指因緊緊捏住我的手而關節泛白。我的骨頭感到疼痛。她要我試試一件我一點也不想要的產品。我只想盡速離去。

「我不需要。」我簡短地對這位陌生女人說。禮貌而冷淡。

「妳怎麼知道妳不需要？」她大聲質疑我。

我楞了一下，舌頭竟有點轉不過來：「我……我想，我應該不需要。」

「妳想，妳想，妳只是自己這樣想。」她似乎洞察了我的自我懷疑，緊追不捨。她身材精瘦，個頭中等，一頭燙壞的貴婦頭正好搭配她畫歪的桃紅色唇線。她仍抓住我的手腕，深怕我從她的掌握中溜走。她的力氣之大，我努力一再甩手，就是擺脫不了。她的雙爪跟她的眼神一樣銳利而令人不快。

我只想走。「讓我走，我沒有時間。」

她露出毫無掩飾的憤怒，我這句話完全得罪了她，她提高聲調，擺出拼了命也在所不惜的態度，狠狠地譴責我：「妳沒有時間？妳沒有時間？別人也沒有時間啊！」

真是莫名其妙。「別人？聽著，別人有沒有時間，不關我的事；重點是，我沒有時間。」

「妳聽不懂嗎？妳不是唯一沒有時間的人。其他人也沒有時間，他們還是停下來試用了這項神奇的產品。」她指指旁邊兩個女孩，她們乖乖坐在兩把凳子上，一半臉塗了那個所謂神奇的產品，一半臉保持原狀。她們讓自己的臉成為產品使用前使用後的見證。

「妳看到了沒？」那個咄咄逼人的女人不停嘴，嘮嘮叨叨，似一位老師拿好學生當榜樣，訓示無可救贖的壞學生。我的頭很痛。「妳以為只有妳的時間算是時間嗎？別人的時間呢？」她鄙夷地瞟我一眼。

我面紅耳赤。十分氣呼呼。如此憤怒，以至於情緒涵養了一股巨大的感傷，眼淚就滾在眼眶邊上，隨時會滴落。根據她的邏輯，如果她可以對我發脾氣，我也能對她發脾氣。我於是想要回嘴，像她一樣潑辣，虎虎生風。一千個我應該對她說的句子在我的腦子裡如萬馬奔騰，又像驟雨的雨珠兒劈哩啪啦打到窗上。我就要開口了。

但我不能。我在開始之前就停住。

面對她那張自以為完全掌握了正義的臉，我剛剛為戰鬥慾望所鼓動的胸膛，呼地，突然洩了氣，變得軟綿綿鬆垮垮。我皺眉。頃刻，周圍世界其實與我分離。

她立刻說：「試試吧？別人都這麼做，妳就該如此。」

我舉起那隻被她執住的手，低頭，猛地咬了她的手。她淒厲地驚叫，鬆開。在一團醜惡的混亂中，我靜悄悄地迅速溜走。

私人

「我不要，不要任何私人的形式。當我進到一間商店，我不希望看見老闆熱情地從收銀機後面探身出來，握我的手，問我今天好不好。我去咖啡店喝咖啡時，我就只是想喝咖啡，我不要服務生除了端咖啡給我以外，還要擔任我的心理醫師，與我談論我如何企圖在自己的愛情複製我與我母親的關係。天底下最最讓我痛恨的，莫過於上了一輛計程車之後，發現司機有一條世界超長的舌頭，急於跟我交換無關現實痛癢的政治意見。啊，微笑，更別提那些無用的微笑，不過令人心情浮躁。」

「但，我只是想表示友好……」

「不必。收起你的友誼，放進你上衣的口袋，請走開。我一丁點也不需要。這個世上最生產過剩的一項東西，莫過於人們自以為是的善意。」

「善意是人性最甜美的部分……」

「善意是人性最專制的部分！人類用善意掩飾了自己想要控制其他同類的深層慾望。一個人釋出善意，因為他想要在你的眼眸倒影裡建立一個不朽的形象；因為他期待，你能夠在他困難的時候回報他此刻贈送給你的友情；因為他渴望隨時窺探你的生活，假借幫助的名義干涉你的決定；因為他喜歡被人喜愛，不願受人嫉恨。他之所以友善，是為了籠絡你，收編你，賄賂你，將你變成他生命中一隻無傷大雅的寵物，讓他使喚。一個不懼怕你的存在的人，永遠不可能對你親切。因為他不需要你。」

「我必須說，你有一個偏激的靈魂。」

「而你能告訴我，我們不是住在一個偏激的世界嗎？不正是這個原因，才讓我們都躲在所謂的善意背後，不然我們就會互相捉對廝殺起來了嗎？如果我們不把笑容強掛在臉上，我們的目光就會射出嫉妒的箭，擊斃每一個趨近的陌生人。」

「你所描述的世界令我害怕。」

「你所相信的世界更令我害怕。」然後他緩和下來，目光凜冷，口氣冷靜似北方凍原上吹起的一道微風，雖然輕輕地，卻比千刀刮過更令人痛楚，「在你的世界裡，每一個人都在說我愛你，卻沒有任何人是真心的。」

機械時代

The
Mechanical
Age

作者｜胡晴舫
總編輯｜富察
責任編輯｜洪源鴻
企劃｜蔡慧華、趙凰佑
封面設計｜ Rivers Yang × Aaron Nieh at 永真急制
內頁排版｜虎稿．薛偉成

社長｜郭重興
發行人兼出版總監｜曾大福
出版發行｜八旗文化／遠足文化事業股份有限公司
地址｜新北市新店區民權路 108-2 號 9 樓
客服專線｜ 0800-221029
信箱｜ gusa0601@gmail.com
傳真｜ 02-86671065
Facebook ｜ facebook.com/gusapublishing
法律顧問｜華洋法律事務所／蘇文生律師
印刷｜成陽印刷股份有限公司

出版｜ 2017 年 11 月　初版一刷
定價｜ 320 元

國家圖書館出版品
預行編目（CIP）資料

機械時代／胡晴舫著／初版／新北市
八旗文化出版／遠足文化發行／ 2017.11
ISBN 978-986-95561-0-1（平裝）
855　　　　　　106018371